徳間文庫

お髷番承り候七

流動の渦

上田秀人

徳間書店

目次

第一章　女の恨み　5
第二章　報いの応酬　70
第三章　血の正統　143
第四章　闇の刃　208
第五章　寵臣の反撃　275

主な登場人物

深室《みむろ》賢治郎《けんじろう》　お小納戸月代御髪係、通称・お髷番。風心流小太刀の使い手。かつては三代将軍家光の嫡男竹千代（家綱の幼名）のお花畑番。

徳川《とくがわ》家綱《いえつな》　徳川幕府第四代将軍。賢治郎に絶対的信頼を寄せ、お髷番に抜擢。

三弥《みや》　深室家の一人娘。賢治郎の許婚。

深室《みむろ》作《さく》右衛《え》門《もん》　深室家当主。留守居番。賢治郎の義父。

松平《まつだいら》主馬《しゅま》　大身旗本松平家当主。賢治郎の腹違いの兄。

順性院《じゅんしょういん》　家光の三男・綱重の生母。落飾したが依然、大奥に影響力を持つ。

山本《やまもと》兵庫《ひょうご》　順性院の用人。

桂昌院《けいしょういん》　家光の四男・綱吉の生母。順性院と同様、大奥に影響力を持つ。

牧野《まきの》成貞《なりさだ》　館林徳川家で綱吉の側役として仕える。

徳川《とくがわ》頼宣《よりのぶ》　紀州藩主。謀叛の嫌疑で十年間、帰国禁止に処されていた。

三浦《みうら》長門守《ながとのかみ》為時《ためとき》　紀州徳川家の家老。頼宣の懐刀として暗躍。

阿部《あべ》豊後守《ぶんごのかみ》忠秋《ただあき》　老中。かつて家光の寵臣として仕えた。

堀田《ほった》備中守《びっちゅうのかみ》正俊《まさとし》　奏者番。上野国安中藩二万石の大名。

一郎兵衛《いちろべえ》　黒鍬者小頭。江戸城下の道の保守管理、行列差配が任務。

第一章　女の恨み

一

山本兵庫《やまもとひょうご》は憤慨していた。

崇拝にひとしい想いを抱《いだ》いている順性院《じゅんしょういん》が濠《ほり》へ落とされ、あやうく命を失うところだったのだ。

「許すまじ、館林《たてばやし》。許すまじ、黒鍬者《くろくわもの》」

桜田御用屋敷で山本兵庫は呪詛《じゅそ》の言葉を吐いていた。

「お方さまを風寒にかからせるなど」

水に長く浸かっていた順性院は、そのためか翌日から熱を出し、寝付いていた。

「思い知らせてくれるわ」

山本兵庫は桜田の御用屋敷を出た。

江戸の町は武家のためにある。武家屋敷の隙間《すきま》に町屋があり、道は入り組んでいる。振り袖《そで》火事のあと、大きく変化したとはいえ、もともと坂の多い地形でもある。どこの辻《つじ》もまっすぐ見通せるところは少なく、角に着くまで交差する辻から人が出てくるかどうかさえわかりにくい。

出会い頭の衝突は避けられない。

庶民の事故はまだよかった。せいぜい怒鳴り合うか、悪くて殴り合うていどである。だが、武家となると話は変わった。

個人ならば、まだいい。すでに戦国乱世は遠い昔となり、幕府が喧嘩両成敗を法としたことで、武家も大人しくなった。刀を抜けば、無事ではすまない。絡《から》もうが、絡まれようが、相手になっただけで罪になる。

刀の鞘《さや》が当たった、肩が触れたで争っては、先祖代々の家禄を失う。泰平の世で、再仕官などまず無理である。武家は辛抱する者へと変化した。

しかし、それがとおらないのが、行列のときであった。大名にせよ、旗本にせよ、公式に槍《やり》を立て、家名をあきらかにして移動しているときは、逃げられないのだ。

出会い頭に辻で会ったとき、どちらが先に抜けるか。

御三家や老中のように、道を譲るのが決められている相手ならばいい。でなく、家格も近い者同士が行き合えば、面目にかけて譲れない。

まして、過去に因縁のある家同士となれば、何もなく終わるはずなどなかった。例えば、大坂の陣での遺恨を引きずる伊達《だて》と水野《みずの》、家老だった者が勝手に独立して大名となった津軽《つがる》と南部《なんぶ》などである。それこそ、道で出会えば、刀の柄《つか》に手をかけるなど日常で、いつ乱闘になってもおかしくない。

将軍のお膝元《ひざもと》で、そのようなまねをされては困る。そこで、幕府は、大きな辻に黒鍬者を置き、どちらの行列を先に行かせるかの差配をさせた。

黒鍬者は目付《めつけ》の配下になる。黒鍬者の指示に反した場合は、目付が出てくるのだ。

大目付が、その実権を失い飾りと化した今、目付が大名旗本の監察である。目付に睨《にら》まれるということは、家を危うくすると同義であり、どこの大名旗本も、小者にしか過ぎない黒鍬者の指示に従わざるを得なかった。

当然、黒鍬者にも責任が生じた。出会った大名のどちらを優先するか、それを瞬時に判断しなければならないだけでなく、その判断を説明でき、さらに納得させなければならない。決して馬鹿には務まらないどころか、かなり優秀でなければ黒鍬者などできない。それでいて、黒鍬者は武士ではなく、諸藩で言う中間《ちゅうげん》小者の扱いしか受けていなかった。禄も、十二俵一人扶持《ぶち》、組頭になってやっと百俵の役高をもらえる。これ以下はまずないという薄禄であった。

「いるな」

歩きながらさりげなく辻の角に目をやった山本兵庫は、黒鍬者を見つけた。

黒鍬者は武士ではない。寒中でも袴《はかま》の股立《ももだ》ちを取り、毛ずねを露《あら》わにしていなければならない。履けるのも草鞋《わらじ》だけで、ぞうりは許されない。腰に差すのも木刀一本だけと決められている。一目で区別がついた。

「卒爾《そつじ》ながら、黒鍬の衆でござるか」

近づいた山本兵庫が声をかけた。

「さようでございまするが、貴殿は」

黒鍬者が誰何《すいか》した。

小者とはいえ、幕臣である。諸藩の藩士に頭を下げなくてもよかった。

「拙者《せっしゃ》、秋田佐竹《さたけ》家の家中で、西田仁右衛門《にしだじんえもん》と申す」

偽名を山本兵庫が名乗った。

「承った。その佐竹さまのご家中が何用でございましょう」

「少し、他人目《ひとめ》を憚《はばか》りますれば、こちらへ」

山本兵庫が黒鍬者を辻の奥へ誘った。

「あまり長く持ち場を離れるわけには参りませぬが」

「承知いたしておりまする」

言いながら、山本兵庫は紙入れを取り出した。なかから二分金を一枚、黒鍬者に見えるように出した。

「…………」

黒鍬者が二分金を見つめた。

「明日、当家の主《あるじ》の行列が通りましたおり、格別のご配慮を願いたく」

二分金を懐紙に包み、山本兵庫は黒鍬者の前へ出した。

「できることはいたしまするが、無理なこともございまするぞ。御三家、ご執政衆、譜代名門の方々相手は……」

金から目を離さず、黒鍬者が言った。

これが一家四人喰《く》いかねる黒鍬者の余得であった。

行列に順番があることを知り、大人しく待ってくれる大名ばかりではなかった。なかには、駕籠《かご》が止まっただけで、侮られたとして、供頭《ともがしら》を咎《とが》めたりする大名もいた。家臣にしてみれば、理不尽きわまりないが、主君のいうことは絶対である。疳《かん》の強い主君を持った家臣は、こうやって金を渡すことで、辻の通行を円滑にしてもらい、後難を避けていた。

「もちろんでございまする」

うなずきながら、山本兵庫が懐紙を黒鍬者の手に渡そうとした。

「お気遣いかたじけない」

喜んで懐紙を黒鍬者が摑《つか》んだ瞬間、山本兵庫は左手で脇差《わきざし》を抜き、突いた。

「ぐえええ……なにを」

「橋を落としたのはきさまか」

呻《うめ》きながら咎める黒鍬者へ、山本兵庫は訊《き》いた。

「橋……なんのことだ」

苦痛に顔をゆがめながらも、黒鍬者が知らないと答えた。

「そうか」

突き刺した脇差をこじて、山本兵庫がとどめを刺した。

「……………」

声もなく黒鍬者が崩れた。

「知らぬ者もいるか」

返り血を嫌がって、突き刺したままの脇差を山本兵庫が抜いた。すでに心の臓が停止していたため、ほんの少しだけしか血は出なかった。

「渡し賃だ」

懐紙に包んだままの二分金を黒鍬者の死体の上に残して、山本兵庫が去った。

あきらかに殺された黒鍬者の死体が発見されては、警戒される。山本兵庫はときを置かず、三人の黒鍬者を襲った。

「くそっ、また知らなかった」

山本兵庫が臍《ほぞ》を噛《か》んだ。

黒鍬者など取るにたりぬ者として、まともに調べなかった弊害であった。黒鍬者は三組に分かれ、組ごとに輪番で辻の整理をおこなっていた。

館林藩主徳川綱吉《とくがわつなよし》の愛妾となったお伝《でん》は第一組に属している小谷権兵衛《こたにごんべえ》の娘であり、力を貸していたのも一組であった。三組は江戸時代になってから増やされた新参者からなり、一組、二組と違って、格も低い。三組は一代限りの抱え席でしかなかった。一組、二組が世襲を許される譜代であるのに対し、三組は一代限りの抱え席でしかなかった。一組、二組に属する甲州武田《たけだ》家以来の黒鍬者は、新参の三組を蔑《さげす》み、同じ役目でありながら、ほとんど交流を持とうとしなかった。

小者というか、人扱いを受けない黒鍬者のなかでも、歴然とした差別があった。そして、この日、三組が当番であった。

結局、五人の黒鍬者を殺した山本兵庫だったが、何一つ手がかりを得られなかった。

「どういうことだ」

黒鍬者が騒然となった。

「野兵衛《やへい》、音蔵《おとぞう》、吉介《きちすけ》、伊左衛門《いざえもん》、茂助《もすけ》が、殺された」

三組は憤慨していた。

「…………」

一組の小頭を務める一郎兵衛《いちろべえ》は、無言で様子を見ていた。

「残りの者を引きあげさせろ」

「暮れ六つまでは、任である。それまではならぬ」

三組の組頭が首を振った。

「そんなことを言っていて、被害が増えたなら、なんとする」

配下の黒鍬者が組頭へ食ってかかった。

「任を勝手に放棄などしてみよ。お目付さまのお咎めを受けることになるぞ」

組頭が配下を脅した。

「…………」

激していた配下たちが、目付という言葉に黙った。

「だが、このままでは……」

泣きそうな顔で配下が組頭を見た。

「……よいか」

一郎兵衛が口を開いた。

「なんだ」

組頭が冷たい声で応じた。

「こちらから人を出そう。一人ゆえにやられたのだろう。二人、三人いれば、防げるのではないか。少なくとも、一方的にやられるだけということはないはずだ」

「手を貸してくれるのか」

人を出そうという一郎兵衛へ、組頭が確認した。

「ああ。もちろん、我ら一組が当番の日には、手伝ってもらう。休みがなくなり、内職などに影響が出るのは覚悟せねばならぬ。とはいえ、なにもせぬというわけにはいくまい。下手人《げしゅにん》が捕まるまでの間だけでも、そうせぬか」

「助かる」

一郎兵衛が述べた。

組頭が頭を下げた。

「佐《すけ》、組屋敷に残っている者を、辻へと向かわせろ」

連れてきていた一組の黒鍬者へ、一郎兵衛が指示した。

「わかった」

すぐに佐が動いた。

「すまん」

「気にするな。こういうときに手を取り合わずしてなんとする。ところで、お目付さまにお報《しら》せはしたのか」

「今からだ」

問う一郎兵衛へ組頭が答えた。

「悟作《ごさく》、お目付さまが下手人を捕らえられると思うか」

「な、なにをいう」

目付の能力を疑うような一郎兵衛の発言に、悟作が慌てた。

「お目付さまは、皆出来物ばかりだ。礼儀礼法には精通されているだろう。だが、探索はどうだ」

「おい。あまり大きな声で言うな」

気にせず続ける一郎兵衛を、悟作が制した。

「お得意ではあるまい」

一郎兵衛が声を落とした。

「お目付さまは、徒目付《かちめつけ》に探索を命じられよう」

悟作が言った。

「徒目付か。たしかに腕は立つ」

言われた一郎兵衛が認めた。

徒目付は、お目見え以下の御家人で武芸に優れた者から選ばれた。定員は四十人内外、百俵五人扶持高で、日中玄関、夜間城内の警衛、他に隠密《おんみつ》御用などをおこなった。

「だが、真剣に探索してくれると思うか」

「…………」

指摘に悟作が黙った。

「たかが黒鍬が殺されただけではないかと……お目付さまはもとより、徒目付も多忙だからな」

「そんなことはない。我らはお目付配下ぞ」

悟作が強い口調で言った。

「吾《われ》もそう信じたいが……悟作、これはあくまでもお目付さまのお手をわずらわせない気遣いとして考えてもらいたいのだが、我らで下手人を捜さぬか」

「我らでか」

「もちろん、下手人が知れたならば、ただちにお目付さまへお報せする」

一郎兵衛が述べた。

目付は旗本のなかでもとくに俊英な者が選ばれた。目付から遠国《おんごく》奉行、勘定奉行、町奉行と出世していく者も多い。それだけに手柄には貪欲で、己の実父の罪を暴いて、腹切らせた者までいるほどであった。

「……なるほど。お目付さまのお手柄とすれば、我らにお叱りが来ることはないな」

吹けば飛ぶような黒鍬者である。目付の機嫌を損ねるわけにはいかなかった。一郎兵衛の提案に、悟作も納得した。

「傷口を見せてもらっていいか」

一郎兵衛が用件を切り出した。

「ああ。こちらだ」

悟作が案内した。

黒鍬者の組屋敷は、場末の長屋よりましといったていどでしかなかった。一間《けん》（約一・八メートル）の間口で、土間と台所、板敷きの六畳ほどの部屋が二つと小さな納戸だけしかなかった。

「ここだ。お目付さまのご検死がすむまでと、ひとところにまとめておいた」

空《あ》き長屋に五人の死体は寝かされていた。

「邪魔をする」

五人の枕元で沈んでいる遺族へ一礼した一郎兵衛が、最初の死体に近づいた。

「ご免」

もう一度断って、死体にかけられていた薄い夜具を捲《めく》った。

「……一突きだな」

一郎兵衛の目に、血の気《け》を失った傷口が映った。

「うう っ」

傷口を露わにしたことで、枕元にいた若い女が顔を覆った。

「どれも同じだ」

悟作が述べた。

「念のために、見せてもらう」

もういいだろうと言う悟作を、一郎兵衛は押しきった。

「傷口の大きさ、深さ、高さも同じ。下手人は一人だな」

ていねいに夜具を戻し、もう一度手を合わせた一郎兵衛が結論を出した。

「ああ。得物《えもの》は脇差だろう。太刀《たち》にしては薄い」

「おそらくな。だが、そうなると、懐《ふところ》に入られるまで、気づかなかったとなる」

一郎兵衛が同意して、疑問を口にした。

「ここにおる者は遣えたのか」

「おいっ」

遺族の前で言うことではなかった。

「すまん。あちらで話そう」

睨んでくる遺族に詫《わ》びて、一郎兵衛は空き長屋を出ようと悟作を促した。

「口を慎んでくれ」

長屋を出た悟作が文句をつけた。

「わかった。で、どうなのだ」

「少なくとも、野兵衛と吉介は、黒鍬者の名に恥じぬだけの遣い手であった」

悟作が告げた。

黒鍬者は武士ではなかった。よって太刀を帯びることはできないため、剣術の稽古はまずしない。その代わり、体術の鍛錬をおこなった。

もともと戦国大名に抱えられ、領内の鉱山開発や河川の改修などを任とした黒鍬者である。人跡未踏の山奥、足を取られるほどの急流などを相手にしてきた。当然、足腰は鍛えられている。また、山のなかには、熊や狼、蝮《まむし》などもいる。それらと対峙《たいじ》して、生き延びなければならないのだ。否が応でも体術の修錬は必須である。その伝統を黒鍬者は受け継いでいた。

「家族がいたので、精査できなかったが、傷は一つしかなかったぞ」

「……うむ」

苦い顔で悟作が首を縦に振った。

「となると……なんの抵抗もせず、敵を懐まで入れたとなるが……」

一郎兵衛が疑いの眼差《まなざ》しを悟作に向けた。

「………」

「隠しごとをするな。それでは、協力のしようがない」

黙った悟作へ、一郎兵衛が迫った。

「お目付さまには言わないでくれ」

悟作が最初に願った。

「ことと次第によるが……悪いようにはせぬ」

一郎兵衛が促した。

「亡くなった者のうえに、懐紙に包まれた二分金が一枚ずつ置かれていた」

「……二分金。三途《さんず》の川の渡し賃には多すぎるな」

一郎兵衛が思案した。

「おそらく……行列の優先を頼まれて、金を受け取ろうとした隙を突かれたのではないかと思う」

少しだけ躊躇《ちゅうちょ》した悟作が語った。

「なるほどな。金を受け取るならば、相手に近づくのも道理。油断するのも当たり前だ」

苦い顔で一郎兵衛も納得した。

「その金だが……」

「わかっている。家族の者に渡してやれ。お目付さまには言わぬ」

「恩に着る」

「いや、お互いさまだ。いつ同じことになるか、わからぬ」

一郎兵衛が気にするなと言った。

「しかし、これで相手が少し絞れたな。斬《き》り取り強盗の類《たぐい》ではない。まあ、貧しいので有名な黒鍬者を狙《ねら》う奴などいないが。次に、黒鍬者とわかって襲っている」

「ああ」

悟作が同意した。

「恨まれる覚えはどうだ。三組がやられたのだ。なにか聞いていないか」

「最近はないな。もちろん、儂《わし》のところまで話がきていないということはありえるが」

訊かれた悟作が否定した。

「行列の順番でもめたというのもないか」

「ないはずだが……おい」

ちょうど通りかかった配下を悟作が呼び止めた。

「ここ一カ月ほどのあいだに、もめ事はなかったか」

「……なにもなかったはずでございますが……」

呼び止められた若い黒鍬者が首を振った。

行列を案内する順番で、黒鍬者に文句を付けてくる大名はいた。もちろん、大名が直接言ってくるのではなく、供頭の代弁とはいえ、家の名前での苦情である。適当にあしらうわけにはいかない。こういう場合、組内への報告は義務となっている。どこの大名が、どの行列よりあとになったと苦情を申し立てたかは、しっかり記録しておき、同じような状況にならないよう、行列の道順を変えさせたり、手前で少し待たせたりといった対応をしなければならないからである。

「かなり前となると、わからぬぞ」

「うむ」

記録はあるが、さかのぼれば幕初まで戻ることになる。悟作の言いぶんを一郎兵衛は認めた。

「行列を後回しにされたことで、死ななければならなかった者がいないとはいえぬ」

「……ああ」

大名にとって面目は重い。それこそ因縁の相手に先をこされたとなると、頭に血がのぼって供頭あたりを怒鳴りつける大名は少なくない。なかには、責任を取らせて切腹を命じた例もあった。

「さすがに昨今では、聞かなくなったが……少し調べてみよう」

「頼めるか。儂は葬儀で動きが取れぬ」

「やれるだけ、やってみよう」

一郎兵衛は三組の長屋から離れた。

「小頭」

いつのまにか佐が付き従っていた。

「意趣返しだな」

「橋の……」

すぐに佐が返した。

「とばっちりとは、憐《あわ》れなことだ」

佐が呟《つぶや》いた。

「しかたあるまい。油断しすぎだ。敵を懐まで入れるとは、黒鍬者としてどうだ。山中で熊を側《そば》に寄せ付けたのと同じ」

冷たく一郎兵衛が切り捨てた。

「まあ、すんだことだ。それよりも下手人は、桜田御用屋敷用人の山本兵庫と考えてよかろう」

「まちがいあるまい」

佐が首肯《しゅこう》した。

「順性院さまを殺せなかったのは痛いな」

「……すまん」

申しわけなさそうに佐がうつむいた。

「橋を落とすという案はよかった。だが、確実に最期《さいご》を確認しなかったのは、いかん」

一郎兵衛が咎めた。

「用人が駆けてくるのが見えたのだ。このままでは、我らの仕業《しわざ》とわかってしまうと思い、まず身を隠さなければと……」

「橋に切れ目を入れられる者など、黒鍬以外におるまい。どうせばれるのだ。なぜ、そこで肚《はら》をくくらなかった。おまえたちが命を惜しんだため、三組の五人は死んだ」

「…………」

　佐が言葉を失った。

「それはまだいい。順性院さまを狙ったのが黒鍬者だと報せてしまった。この失策は大きい」

「申しわけもない」

「この始末、しっかりとつけてもらうぞ」

　謝る佐に一郎兵衛は責任を取れと命じた。

「どうすればいい」

　佐が問うた。

「弥助《やすけ》があのときの頭であったな。ならば、弥助に伝えよ。山本兵庫を殺せとな」

「……わかった」

　暗い表情ながら、佐が首を縦に振った。

「急げよ」

　一郎兵衛は、佐の背中を押した。

二

小納戸《こなんど》月代御髪《さかやきおぐし》係《がかり》深室賢治郎《みむろけんじろう》は、連日務めである。本来三人で交代して任をこなしていたが、四代将軍家綱《いえつな》の指示で、月代御髪係は賢治郎一人となったため、非番の日を失った。その代わり、任を終えればいつでも退出できる。

小納戸月代御髪係の役目は将軍の身だしなみを整えることだ。髭《ひげ》を剃《そ》り、月代をあたり、髷《まげ》を結《ゆ》う。その途中で、剃刀《かみそり》や鋏《はさみ》を使う。将軍の後ろから、剃刀を首にあてることもある。ほんの少し、月代御髪係が手を滑らせただけで、将軍の命はなくなる。

己の命を預けるにひとしく、絶対の信頼を持つ者でなければ務まらなかった。

深室賢治郎が、若くして月代御髪係に抜擢《ばってき》されたのは、家綱と幼なじみであったからだ。

もともと賢治郎は名門旗本三千石、松平多門《まつだいらたもん》の三男であった。松平多門は、歳《とし》老いてからできた妾腹の子供をかわいがり、三代将軍家光《いえみつ》の嫡男家綱のお花畑番とした。

お花畑番とは、幼年の将軍世子の遊び相手を務める役目として、共に学び、遊び、ときには一つの夜具で寝るなど、格別の間柄となる。成長してからは、将軍の側近として、その政《まつりごと》を支える腹心となるのだ。

松平伊豆守信綱《まつだいらいずのかみのぶつな》、阿部豊後守忠秋《あべぶんごのかみただあき》も、三代将軍家光のお花畑番から、抜擢された。

賢治郎もそうなるはずであった。

しかし、父松平多門が病死したことで、変わってしまった。家督を継いだ兄が、賢治郎をお花畑番からおろした。本妻の子供であった兄主馬《しゅま》は、側室の子供で歳の離れた賢治郎を嫌っていた。いや、家綱のお気に入りである賢治郎に家督を奪われないか、あるいは別家して本家を凌《しの》ぐ身分となるのではないかと怖《おそ》れたのだ。

それだけではすまなかった。主馬は賢治郎の先を閉ざすため、実家よりかなり格の落ちる深室家へと養子に出した。

これで家綱と賢治郎の縁は切れた、はずだった。

だが、それが幸いした。

将軍となった家綱は、その権力をもって賢治郎の行方を捜し出し、もっとも信頼の置ける者として、月代御髪係を命じた。

将軍の身の廻《まわ》りの世話をする小納戸は、五百石ていどの旗本が任じられる。もし、賢治郎がまだ松平家の部屋住みであったならば、決して任じられなかった。

「……御髪整えましてございまする」

髷を留めた元結いを鋏で切って、賢治郎は家綱の身だしなみを終えた。

「ご苦労であった」

家綱がねぎらった。

「これからどういたす」

道具の片付けをし始めた賢治郎へ、家綱が問うた。

「注意がそれては、吾が身が傷つく」

家綱は、賢治郎が任を果たしている間、他人払いを命じている。主従二人、気兼ねなく話のできるときであった。

「久しぶりに、髪結い床へ参り、修業をいたそうかと」

「髪結い床とは、どのようなところであるか」

興味をもった家綱が訊いた。

「髪を結う職人がおります店でございまする。多くは親方と呼ばれる職人一人と、手伝い方の小僧が二人ほどで、客の月代をあたり、髷を結いまする。客は毎日、髪結い床へ参りまする」

「毎日か」

家綱が驚いた。

「はい。庶民は月代の伸びているのを恥といたしておりまする」

「ふむ。たしか、月代と髭を伸ばすのは法度であったな」

幕府は旗本、大名に身だしなみを整えることを義務として課していた。

「庶民どもは、それをまねておるのであろう」

家綱が述べた。

「しかし、それでは髪結い床は混雑するであろう」

「はい。下手《へた》をすれば一刻《とき》（約二時間）ほど待たされることもございまする」

江戸でも評判の髪結い上総屋《かずさや》辰之助《たつのすけ》のもとへは、多くの客が来る。とくに朝のうちなどは職人衆で待合は座るのも厳しい状態になった。

「そんなに長い間、なにをしているのだ」

あきれた顔で家綱が訊いた。

「将棋を指す者もおりまするし、寝ている者もございまするが、ほとんどが雑談に興じております」

「話か、どのような」

「いろいろでございまする。町の噂から、ご政道のことまで、多岐にわたりまする」

賢治郎が答えた。

「おもしろそうだの。明日にでもどのような話が出たか聞かせよ。言わずともわかっておろうが、政への批判も隠さずにだ」

「承知いたしておりまする」

家綱の言葉に賢治郎はうなずいた。

先日、あまりよい話ではないと家綱に報せなかったことが、後ほど露呈し、厳しい叱責《しっせき》を受けただけでなく、目通り停止まで命じられたのだ。それ以来、賢治郎は家綱に、すべてを話し、その指示に従うと決めていた。

「上様、そろそろ」

二人でいつまでも語っているわけにはいかなかった。将軍の側近くにいる小姓組や小納戸は、働き次第で思うがままの出世が望める。小姓組から遠国奉行、そして町奉行になったり、小納戸から勘定組頭を経て、勘定奉行へ出世していくこともある。といったところで、町奉行や勘定奉行といった旗本の顕職は定員も少なく、そう簡単になれるものではない。当然、同僚たちと競い合わなければならなくなる。そのため、他人の行動にも厳しい目が向けられる。とくに家綱と幼なじみである賢治郎は、贔屓《ひいき》されていると思われている。その賢治郎が家綱を独占している状況が、長くなるのは、あまりいいことではなかった。

「他の者が嫉妬するな。うむ。下がってよい」

友から将軍へと言葉遣いを変えた家綱が、賢治郎へ退出を許可した。

「上様御髪、あいすみましてございまする」

御座の間を出た賢治郎が、小納戸組頭へと報告した。

「ご苦労であった。今朝はいつもよりときがかかっていたようだが、ご無礼などいたしておるまいな」

小納戸組頭が厳しい声で確認した。

「はい。上様、ご機嫌うるわしくあられまする」

賢治郎は否定した。

「ご寵愛《ちょうあい》をよいことに、増長いたすなよ」

小姓組頭も苦い顔で注意してきた。

「身のほどは承知いたしておりまする」

ていねいに賢治郎は一礼した。

「では、上様より下城のお許しをいただきましたので、これで失礼をいたしまする」

それ以上の苦情を聞く気はないと賢治郎は立ちあがった。

「……まったく」

将軍から帰っていいと言われたとあれば、文句を口にするわけにはいかなかった。

「甘えおって」

小納戸組頭と小姓組頭が賢治郎を睨んだが、それ以上なにも言わなかった。

「少し、ご意見させていただきまするか」

賢治郎の姿が廊下を曲がって見えなくなった瞬間、小納戸組頭が小姓組頭へ話しかけた。

「上様に、深室を遠ざけるようお願いいたすと」

小姓組頭が確認した。

「さようでござる」

慇懃《いんぎん》に小納戸組頭がうなずいた。

同じ組頭とはいえ、小姓と小納戸では格が違った。ともに将軍の側近くに仕えるが、小姓がその警固を担うに対し、小納戸は身の廻りの世話を任としていた。

幕府は軍事によって成りたつため、警固などを役目とする番方が、小納戸や勘定方のような役方よりも格上とされていた。

「だが、深室は上様のお気に入りぞ」

小姓組頭が二の足を踏んだ。

将軍への意見は難しい。たとえ正当なものでも、将軍の機嫌を損ねれば、罰を受けることもある。下手をすれば、お役ご免から免職もありえた。

「………」

懸念を言われた小納戸組頭も戸惑った。

「上様ではなく、阿部豊後守さまにお願いしてみるのはどうだ」

別案を小姓組頭が提示した。

阿部豊後守は、三代将軍家光以来の老中である。家綱の傅育《ふいく》を兼ねたため、一度は西丸老中に転じたが、家綱の将軍就任とともに本丸老中へ復帰、松平伊豆守亡き後も、幕政の中心となって活躍していた。家綱が唯一頭の上がらない人物でもある。

「それは妙案でございまする。のちほど、御座の間にお見えになりましょう。そのときにお話をさせていただくことに」

「であるな」

二人が合意した。

将軍の一日は、朝のうちに政務をすませば、昼からは将棋を指したり、武術の稽古をしたりと、かなり自儘《じまま》に過ごせた。疲れていれば午睡もできた。もっとも疲れたなどと言えば、すぐに奥医師が駆けつけて、あちこち探られることになるので、眠くとも将軍はうたた寝ていどで我慢しなければならなかった。

「……上様」

昼餉《ひるげ》をすませ、少し脇息《きょうそく》にもたれてうたた寝していた家綱を、阿部豊後守が起こした。

「なんじゃ」

不機嫌な声で家綱が応じた。

「お休みになられるならば、しっかりとお眠りあそばされますよう。そのような無理な体勢でのうたた寝は、風寒のもととなりまする」

まず阿部豊後守が苦言を呈した。

「わかった。で、何用じゃ」

「大奥へお渡りいただいておりますこと、祝着至極と存じあげまする」

阿部豊後守が言った。

将軍家綱にはまだ子供がいなかった。正室で伏見宮《ふしみのみや》の姫顕子《あきこ》女王はもとより、手を付けた女の誰もが、妊娠しなかった。

「豊後がいけと申すからだ」

家綱が不満そうに答えた。

「当然でございまする。念のために申しまするが、大奥へお通いになられることではございません。子を産ませることが上様の大切な任」

「躬《み》は種付けだけのためにあるというか」

阿部豊後守の言葉に、家綱が反発した。

「はい」

はっきりと阿部豊後守が断言した。

「なにを……いかに豊後といえども、そのままには捨て置かぬぞ」

家綱が怒った。

「この老骨、今さら命など惜しみませぬ。身代も同じく。もともと六千石でしかございませなんだ。家光さまよりいただいたご高恩をお返しするのもためらいませぬ。お叱りはいかようにでもお受けいたしまする。その代わり、お話をさせていただきまする」

ひるむことなく阿部豊後守が言った。

「何度となくお願いいたしました。新しく側室を儲《もう》けてくださいますようにと。しかし、手出しをなされた女でも数回、局《つぼね》を与えた者にいたっては未《いま》だになしという現状。これは天下大乱のもとでございまする」

「大げさなことを申す」

家綱が首を振った。

「目を現実から背けてはなりませぬ」

阿部豊後守が厳しく断じた。

「…………」

頰《ほお》をゆがめて、家綱が目を逸《そ》らした。

「一同、出ていけ」

御座の間にいた小納戸、小姓を阿部豊後守が追い出した。

「上様……」

「遠慮いたせ」

したがうべきかどうかと訊いた小姓組頭へ、家綱が手を振った。

「おわかりでございましょう。上様にお世継ぎがないため、五代将軍の座を巡って、すでに争いが起こっていることを」

人払いが終わるなり、阿部豊後守が告げた。

「…………」

家綱は沈黙した。

「知らぬと言われなかっただけよしといたしまする。もし、とぼけられたならば、深室を咎めたところでございました」

「賢治郎にはかかわりないであろうが」

「いいえ。賢治郎には上様に真実をお話しする義務がございまする。寵臣《ちょうしん》とは上様につごうのいいお話だけをするのではなく、すべてをお伝えし、的確なご判断ができる素地を作らなければなりませぬ。おわかりでございまするか。寵臣が上様に語ることは、事実でなければなりませぬ」

「それでは、すべてを語れぬではないか」

阿部豊後守の言いぶんに、家綱が文句を付けた。

「寵臣にはそれだけの責が伴いまする。上様の寵愛だけで、寵臣となれるものではございませぬ」

「…………」

「まあ、賢治郎の話は主眼ではございませぬ。本日お目通りを願ったのは、京に人をやらせていただきたく」

願いを阿部豊後守が言った。

「京へ……なぜ」

家綱が首をかしげた。

「上様にふさわしい女がおりまする」

「女か……」

げんなりとした顔を家綱がした。

「上様」

「わかっておるわ。躬に男子ができれば、甲府《こうふ》も館林も、紀州《きしゅう》も黙るというのであろう」

家綱が、阿部豊後守の先回りをした。

「男子がおできにならずとも、新たなご側室を作られたというだけで、牽制《けんせい》できまする」

「牽制だと」

「はい。上様に男子がおできになるかも知れぬと思わせるだけで、幕臣や大名たちが、甲府や館林に向かうのを止められまする」

阿部豊後守が述べた。

幕臣も大名も、先を見ている。家綱に子供がなければ、五代将軍となるかも知れない甲府宰相綱重《つなしげ》、館林宰相綱吉へ媚《こ》びを売り、次代での栄華をはかろうとする。人として当たり前のことではあるが、家綱にしてみればおもしろい話ではない。だが、子供がなければ、それを怒るわけにもいかないのだ。そして、この我慢は、男子ができたとたんに解放される。家綱は、弟たちにすり寄った幕臣や大名を咎められる。それどころか、子供の敵意者となった、綱重と綱吉を排除することもできる。子供のない今は、綱重、綱吉は三代将軍家光の血統を残すための予備であり、手出しすることは将軍といえども遠慮しなければならなかった。

「なにより……ときが稼げまする」

「とき……」

家綱が怪訝《けげん》な顔をした。

「紀州公は今年で六十一歳になられるはず」

「…………」

意図をさとった家綱が黙った。

「というわけで、京へ人をやりまする」

「相手の女はなにものだ」

家綱が問うた。

「神祇《じんぎ》少副吉田兼起《よしだかねおき》の娘振《ふり》でございまする。十四歳で、その容姿類希《たぐいまれ》なるとのこと」

「好きにいたせ」

すでに相手まで決めてある。止めたところで、阿部豊後守が納得するはずもない。

家綱は認めた。

「ありがたき仰《おお》せ。では、早速に手配をいたしまする」

阿部豊後守が一礼した。

「豊後守さま、少しよろしゅうございましょうか」

家綱の前から下がった阿部豊後守を小姓組頭と小納戸組頭が待っていた。

「なんじゃ」

御座の間を出たところで、阿部豊後守が足を止めた。

「深室のことでございまする。寵愛をよいことに、上様と二人きりで長々話すなど、分をこえた振る舞いが、目に余りまする」

格上の小姓組頭が告げた。

「ふむ」

阿部豊後守が小納戸組頭を見た。

「で、どうせいと申すのだ」

賢治郎は小納戸である。小姓組頭ではなく、小納戸組頭の意見が重要視される。

「過ぎぬようにご意見いただくか、お役を替えていただくか」

小納戸組頭が、弱い口調で言った。

「余が意見するのは、深室か、それとも上様か」

「…………」

「深室ならば、余の仕事ではない。小納戸組頭であるそなたの任であるな。それができないというのであれば、そなたをまず組頭から外さねばならぬ」

「……それは」

さっと小納戸組頭の顔色がなくなった。

「次に上様へ申しあげるとなれば、上様のお許しになった賢治郎の行動に、余が苦情をつけることになる。もし、上様のご機嫌を損ねて、余にお叱りがあったとしよう。余は叱られた怒りの行き場を求めることになる」

そう言って阿部豊後守は二人を見つめた。

「失礼を申しあげました」

「お忘れくださいますよう」

小姓組頭と小納戸組頭の二人が詫びた。

「そうか。ではの」

阿部豊後守が去った。

「深室のことは、静観だな」

「それがよろしいようで」

残された二人が嘆息した。

三

江戸城を出た賢治郎は、屋敷に戻らず、その足で髪結い床上総屋を訪れた。

「ご免」

「おや、深室さま」

職人の髷をいじりながら、上総屋辰之助が応じた。

「また修錬でございますか」

「ああ。親方の腕を見ぬと、吾が腕の未熟さを確認できぬ」

賢治郎は辰之助の邪魔にならないところから見学した。

「偉い」

辰之助が褒めた。

「おめえら、聞いたか。職人というのはこうでなきゃいけねえ。己の腕を誇るようになっては、止まってしまうと、旦那《だんな》は気づいておられる。上には上がいる。職人は生涯修業だと、言われてるんだ。そこで油を売っている連中、ちったあ、旦那のまねをしないか」

座敷で時間を潰《つぶ》している職人たちの尻を辰之助が叩いた。

「旦那、勘弁してくだせえよ」

顔見知りの大工が、賢治郎へ言った。

「すまぬ。そんなつもりはなかったのだ」

賢治郎は謝った。

「それこそ、ご勘弁を。お武家さまに頭を下げさせたなんて知れたらおおごとで」

大工が手を振った。

「まったく、旦那は」

笑いながら辰之助が、元結いを締めた。

「このとき、元結いの真ん中に力が集まるように、左右を均等に引っ張らないといけやせん。ただし、こいつの頭みたいに、髷の先を曲げるときは、そちらに少し強めの力をかけないと、崩れやすくなりやす」

辰之助が手元を見せながら教えた。

「なるほど。すまぬな」

うなずきながら、賢治郎は客へ詫びた。

「お気遣いなく」

客が恐縮した。

「おい、次」

客の背中を叩いて立たせると、辰之助は待っている客を呼んだ。

「頼むぜ。このあと久しぶりに吉原《よしわら》へ馴染《なじ》みの妓《おんな》の顔を見に行くつもりなんだ。惚《ほ》れ直すように、一つよろしく」

若い職人が辰之助の前に座った。

「吉原の妓なんぞ、てめえには十年早いわ」

大工の棟梁《とうりょう》が冷やかした。

「かみさんの尻に敷かれてるくせに、なにを言うか」

左官の親方が、笑った。

「なにおう。てめえこそ、岡場所の妓に手出して、みょうな病気をもらったとか聞いたぞ」

「うるせえ」

二人の喧嘩が始まりそうになった。

「これこれ。やめんか」

賢治郎は苦笑しながら、二人の間に割って入った。

「こりゃあ、旦那」

「ええとう」

武士に仲裁されては、どうしようもない。二人が気まずげな顔で座り直した。

「どうも」

月代に剃刀をあてながら、辰之助が軽く一礼した。

「ところで、なにかおもしろい話はないかの」

仲裁の意味をこめて、二人の真ん中に賢治郎は腰を下ろした。

「おもしろい話でやすか……」

大工の棟梁が考えこんだ。

「おい、そういえば、二、三日前、江戸の辻で人殺しがあったよな」

左官の親方が口を開いた。

「おう。あれか」

すぐに大工の棟梁が手を打った。

「物騒な話だな。なにがあった」

賢治郎が興味を見せた。

「辻で六人だっけ、七人だっけ」

「八人と聞いたような気がする」

問うた大工の棟梁に、左官の親方が答えた。

「尾ひれがついているぞ。五人だ」

辰之助が口を挟んだ。

「昨日一緒に安次《あんじ》から聞いただろうが」

あきれた顔で辰之助が言った。

「でした」

「そうだ、そうだった」

「教えてくれるか」

うなずく二人に、賢治郎は頼んだ。

「辻を少し離れた物陰で、尻端折《しりはしょ》りして黒無紋の羽織を着た中間風の男が、続けて殺されていたんで」

「中間風……」

賢治郎が首をかしげた。

「というのが、腰に木刀を差しているんで」

「なるほど」

庶民は木刀を持たない。かといって武家のように真剣ではないとなれば、中間と考えるのは妥当であった。賢治郎は納得した。

「ただね、それだけならば、さして珍しくもないのでやすがね」

左官の親方が、続けた。

「すべての死体のうえに、二分金が置かれていたんで」

「二分金……ずいぶんと高額だな」

賢治郎が驚いた。

二分金は一両の半分、銭になおして二千文から三千文にあたる。大工の日当が一日三百文ていどであることから考えると、かなりの金額であった。

「五人全部だと二両と二分か。拙者《せっしゃ》の財布には、一分金一枚しか入っておらぬ」

すばやく計算して賢治郎が苦笑した。

「そんなもんでございますか。お旗本さまは、小判を何枚も紙入れに入れておられるとばかり」

大工の棟梁が驚いた顔をした。

「そんなものだぞ。拙者ていどの身分だからこそ、紙入れに金が入っている。もっと高禄になられたら、紙入れさえ持たぬ。かならず家臣が側におるからな」

賢治郎が説明した。

「そういうもんなんでやすかねえ。あっしらは、上ほど金を持ち歩きやさ。若い者に酒を飲ましたり、飯を喰わせたりしなきゃいけやせんし、いつ金の要《い》ることがあるかわかりやせんからね」

左官の親方が感心した。

「しかし、みょうな話よな。中間と二分金、どういう繋《つな》がりがあるのだろうか」

わからないと賢治郎が思案した。

「葬儀代を払う人殺し……」

「そんな律儀な人殺しなんぞ、聞いたこともないぞ」

同席していた職人たちも推論を口にした。

「殺しているところを見た者はいない。いれば、すでに下手人が知れているな」

賢治郎は眉《まゆ》をひそめた。

「どのような傷口だったかは、知らぬか」

「鳩尾《みぞおち》を一突きだったという噂でございましたが」

答えたのは辰之助であった。

「かたじけない。では、これで失礼しよう」

半刻（約一時間）ほどいて、賢治郎は上総屋を辞した。

賢治郎は婿《むこ》養子である。といったところで、まだ妻の三弥《みや》に女の印がなかったため、婚姻の儀はすませていなかった。

その三弥に女の印が来た。

これで二人のことを遮るものがなくなったわけではなかった。もっと大きなものがあった。三弥の父で深室家の当主作右衛門《さくえもん》であった。

作右衛門は六百石取りの深室家を千石に、いや、それ以上を目指していた。だからこそ、名門寄合旗本の松平家から、まだ子供であった一人娘の婿を迎えた。だが、賢治郎は松平家との繋がりとはならなかった。松平主馬は賢治郎を厄介払いで、深室家へ追いやったのだ。その主馬が、賢治郎のためになることなどするはずもなかった。

思惑のはずれた作右衛門は、松平主馬に責任を取るように迫りつつ、より良家から三弥の新しい婿を迎えようとした。実家の引きのある婿を取るために、賢治郎を養子としていながら、三弥との婚姻をさせなかった。

その賢治郎に二千石という禄がついた。

紀州頼宣《よりのぶ》が、命を救われた礼だといって、二千石をやると言い出した。それを知った作右衛門は狂喜した。

元高と紀州家からの合力で深室家の禄は二千六百石となる。さすがに三千石である松平家には届かないが、それでも十分に多い。

　さらに二千六百石となれば、勘定奉行、町奉行、小姓組頭、大番頭など、就く役目も重要なものとなる。手柄もたてやすくなる。

　二千石という持参金付きの婿となった賢治郎を、作右衛門は逃がすまいとして、三弥との婚姻の日程を決めようと動き出していた。

「ただいま戻りました」

　とはいえ、養子の立場は弱い。

　屋敷に帰った賢治郎は玄関で迎えてくれた三弥へ、ていねいに腰を折った。

「お役目ご苦労さまでございました」

　三弥が鷹揚《おうよう》に応えた。

「お着替えをなさいますよう」

　自室までついてきた三弥が、賢治郎の着替えを手伝った。

　普通の武家で、妻が夫の身の廻りの世話をすることなどなかった。男の身支度は男の家臣が担当する。これは、戦場に女を連れて行けないことから、続いてきた慣例であった。それを、最近になって三弥が変えた。賢治郎の着替えから膳《ぜん》の用意まで、三弥がするようになった。当初戸惑っていた賢治郎も今では、慣れていた。

「義父上《ちちうえ》さまは」

着替えを手伝っている三弥へ、賢治郎は尋ねた。

「お仲人を頼みにいくと、朝から出かけておりまする」

作右衛門は、留守居番をしていた。留守居番は番方であり、三日に一度登城し、一昼夜の勤務をするだけである。昨日宿直番《とのいばん》から帰った作右衛門は、今日明日の二日非番であった。

「……さようでございますか」

賢治郎は小さく息を吐いた。

「わたくしとの婚礼が、嫌でございますか」

膝立ちで袴の紐《ひも》を解いていた三弥が、険しい目つきで賢治郎を見上げた。

「そのようなことはございませぬ」

賢治郎ははっきり否定した。

「……では、なにを憂いておられるので」

見上げたままの姿勢で三弥が訊いた。

「お仲人をお願いするお相手でございまする」

「……たしかに、父のことでございますから……」

三弥も眉をひそめた。

「かなり格上のお方にお願いいたしましょう」

「面識もないお方に、仲人をお頼みするというのは……」

気兼ねだと賢治郎は嘆息した。

「見も知らぬお方に、生涯ずっと仲人だと、気遣いを求められるのは業腹でございますね」

遠慮のない言いかたで、三弥も同意した。

「しかし、家にかかわることは、当主が決めるもの。わたくしどもでは、なにもできませぬ。それこそ、父のお願いしたお相手以上のお方から、お声でもかからなければ……」

武家における当主は絶対であった。当主の一言で、娘は顔もみたことのない男のもとへ嫁ぎ、息子は見も知らぬ女を妻として娶《めと》らなければならない。これに反することは許されなかった。

「さあ、お着替えが終わりました。昼餉にいたしましょう」

気分を変えるように、三弥が明るく言った。

四

奏者番堀田備中守正俊《そうしゃばんほったびっちゅうのかみまさとし》の屋敷に、館林徳川家家老牧野成貞《まきのなりさだ》が訪れていた。

「ご無沙汰《ぶさた》をいたしております る」

牧野成貞が深く腰を折った。

「いや、無沙汰は同じでござる」

堀田備中守が軽く応じた。

二人の間には歴然たる差があった。

堀田と牧野はもともと同じ旗本であった。堀田備中守が春日局《かすがのつぼね》の遺領三千石を受けたとき、牧野成貞は綱吉の側衆であった。このときまだ綱吉は館林藩を立てておらず、牧野成貞の籍も幕臣にあった。そののち、綱吉が館林二十五万石を下賜《かし》されたとき、牧野成貞もそのまま転籍した。将軍家弟の家臣は、旗本扱いを受けるとは言え、実質の身分は、譜代大名である堀田備中守正俊のほうが、もと旗本の牧野成貞よりも上になった。

「お呼び立てしてすまぬな」

一応の謝意を堀田備中守が表した。

「いえ。備中守さまのお呼びとあれば、なにをさておいても参上いたしまする」

牧野成貞が首を振った。

「知っておると思うが、黒鍬者の一件じゃ」

堀田備中守が用件に入った。

「お騒がせして申しわけもございませぬ」

苦い顔で牧野成貞が詫びた。

「貴殿のせいではなかろう。黒鍬者は被害を受けているほうだ。ことの責を問うならば、下手人じゃ」

「かたじけなきお言葉」

牧野成貞が礼を述べた。

「下手人に心当たりはないのか」

堀田備中守が訊いた。

「黒鍬者が、順性院さまを襲ったことはご存じで」

「初耳だ」

驚きで堀田備中守の目が少し大きくなった。

堀田備中守は、かつて三代将軍家光の寵臣として権を振るった堀田《ほった》加賀守正盛《かがのかみまさもり》の息子であるが、三男のため、さしてその恩恵を受けてはいなかった。また、加賀守正盛の遺領を受け継いだ長兄正信《まさのぶ》が失策をおかし、改易《かいえき》処分を受けた余波もあり、すべてを知る幕政の中心にはまだ遠かった。

「じつは……」

牧野成貞が、黒鍬者のおこなった策と顛末《てんまつ》を語った。

「……手立てとしては悪くない。しかし、止《とど》めを刺さなかったのは……」

さすがに最後を口にするわけにはいかなかった。

「黒鍬など、やはり武士ではないな。武士ならば、己の命を捨ててでも、敵の首を取る」

「はい」

堀田備中守の意見に牧野成貞も同意した。

「その復讐か、今回のことは」

「おそらくはそうであろうと」

牧野成貞が認めた。

「となれば、下手人は甲府か、あるいは桜田御用屋敷用人の山本某《なにがし》」

「…………」

無言で牧野成貞が首肯した。

「どうするつもりかの。それを訊きたいがために、今夜来てもらったのだが」

「館林としては、なにもいたしませぬ」

「…………」

無言で堀田備中守が先を促した。

「宰相さまには、かかわりのないことでございますれば」

「黒鍬に押しつけるか」

「己の始末は、己の手でいたしてもらわなければなりますすまい」

牧野成貞が告げた。

「それはそうだの。では、かたがつくまで、町奉行所には大人しくしているように口添えだけしておこう」

奏者番は将軍へ目通りする大名や旗本の紹介役である。奏者番を敵に回せば、将軍の前でどのような嫌がらせを受けるかわからないのだ。どこの大名、旗本も奏者番には一目おいている。幕政の一柱である町奉行も、奏者番には付け届けを欠かさない。堀田備中守は南北どちらの町奉行とも面識があった。

「畏《おそ》れ入りまする」

「町奉行は旗本の上がり役だ。名門と言われる旗本たちの羨望を受ける役目でもある。無事に勤めあげれば、なにかと恩恵がある。と同時に、失策も目立つ。遠国奉行と違い、ご城下の治安だからな。すぐに善《よ》し悪《あ》しが執政衆にも聞こえる。市中不穏となれば、真っ先に責任を問われるのが町奉行だ」

「はい」

突然、町奉行の説明を始めた堀田備中守に、牧野成貞が怪訝な顔をしながらも首肯した。

「町奉行の配下は、家臣ではない。世襲の与力、同心である。こやつらは町奉行所に属していくため、転じていく奉行への忠誠はない」

「でございましょうな」

忠誠を尽くしたところで、町奉行は与力、同心になにも返してはくれなかった。当たり前である。与力、同心は身分低いとはいえ、幕臣である。町奉行の一存で、禄を増やすなどできるはずもない。また、町奉行所の与力、同心は基本世襲である。ごく希に、町奉行の同心が、同じ身分である大番組の同心へ転じたりすることもあるとはいえ、代々町奉行所の付属を続けるのが普通である。出世していく町奉行の引きで、別の役目へ異動するなどもない。言いかたはわるいが、町奉行所の与力、同心にとって、町奉行などどうでもいいのだ。

「忠誠を尽くしてくれないならば、こちらもと粗雑に扱えば、しっかり返ってくる。与力、同心が働かなくなるだけで、江戸の治安は悪くなる。悪くなった責任を取らされれば、奉行を辞めさせられるだけではなく、禄高も減らされよう。では、どうすれば、与力、同心をうまく使えるのか」

「金でございますか」

堀田備中守の意図を牧野成貞はくみ取った。

「今回のことで、町奉行にものを頼むのはいいが、余は恩を売られたくはない」

「承知いたしておりまする。のちほど一箱届けさせていただきまする」

牧野成貞が千両出すと言った。

「うむ。それだけあれば、町奉行二人を黙らせることはできよう。どころか、恩を売れるな」

満足そうに堀田備中守がうなずいた。

「黒鍬の娘はどうだ」

用件を終えた堀田備中守が雑談に移った。

「容姿端麗とはあのお方さまのためにある言葉でございましょうな」

黒鍬の娘だが、今は綱吉の側室である。牧野成貞が敬称をつけた。

「それほどか」

堀田備中守が興味をもった。

「わたくしの生涯で、あのお方さまと比肩するのは、桂昌院《けいしょういん》さま、順性院さまのお二人だけでございましょう」

桂昌院も、順性院も三代将軍家光の愛妾である。男色家で、女になかなか興味をしめさず、御台所《みだいどころ》を大奥から放逐するような家光を籠絡《ろうらく》したのだ。二人の容姿が衆に優れたものだというのは、明らかであった。

「それはすさまじいな。宰相さまもさぞやお気に入りであられよう」

「不浄の日以外は、お側からお離しになられませぬ」

牧野成貞が言った。

「初めてのお相手か」

「はい」

確認する堀田備中守に、牧野成貞が首を縦に振った。

「ならば無理はござらぬな。いや、めでたいことでござる」

藩主が女に興味を持たなければ、家は続いていかない。名家ほど、跡取りに女をあてがう機会で苦労していた。もちろん、あてがった女次第で、逆に女嫌いになる場合もあり得る。女好きで、あちこちの女に手を出して子供を作り、お家騒動となっては本末転倒ではあるが、将軍家の血筋である館林や甲府はその心配がなかった。どれだけ子供がいてもお家騒動にはなりえないのだ。生まれた子供は、育ちさえすれば、どこかの大名へ養子あるいは正室として押しつければすむ。断られることなどない。断れば、どのような嫌がらせがあるか、皆知っている。

さらに養子が当主となれば、将軍家の血筋でその大名を乗っ取れる。

子供は多ければ多いほどよかった。

「そろそろご正室を決めねばなりますまい」

「誰かよいお方でも」

言った堀田備中守へ牧野成貞が尋ねた。

「他所《よそ》より話が来る前に、五摂家か宮家からお迎えしたいところでございますな」

「できれば」

堀田備中守の提案に、牧野成貞が身を乗り出した。

将軍の御台所は、内親王、女王、もしくは五摂家の姫と決められていた。家綱の跡目として綱吉を担ぐならば、他の選択肢はなかった。

「甲府宰相さまのご正室は、関白であった二条光平《にじょうみつひら》卿のご息女。となれば、綱吉さまのご正室はそれ以上でなければなりますまい」

堀田備中守が言った。

「お任せ願えますかな」

「よろしくお願いをいたしまする」

牧野成貞が低頭した。

「嫁入りで思い出しましたが、お髷番のことでござるが」

「あの者がどうかいたしましたか」

苦い顔を牧野成貞がした。

「仲人を余に頼んで参りました」

「備中守さまに。身分違いも甚《はなは》だしい」

牧野成貞が目を剝《む》いた。

「もちろん、頼んできたのは、お髷番の義父である留守居番でござるがな」

皮肉な笑いを堀田備中守が浮かべた。

「無礼な」

旗本が大名に仲人を頼むことはままあった。といっても、あまり格差があってはならず、少なくとも寄合格以上でなければ、あり得ない。牧野成貞の憤慨は正当なものであった。

「引き受けようかと」

堀田備中守が告げた。

「なんと」

牧野成貞が驚いた。

「お髷番がなにかと我々の邪魔をしてきたのはたしかでござる。おそらくこれからもなにかと要らぬ手出しをしてきましょう」

「それとわかっていながらなぜ」

魂胆がわからないと牧野成貞が首をかしげた。

「仲人は親も同然。いろいろと掣肘《せいちゅう》をかけましょうからな」

「なるほど。それは妙案でございまする」

牧野成貞が、堀田備中守の言葉に手を打った。

「それに、小納戸あたりが奏者番の引きを得たのでござる。いろいろ気を利《き》かせてくれる者もでましょう」

「深室を引き立てることで、備中守さまの歓心を買おうと」

「さよう。しかし、深室を上様はお手元からお離しにならぬ。だが、出世の話があった事実は消えず、それは噂となって城中へ拡がりましょう。さて、その噂を耳にした者はどう思いましょう。深室とかかわりのない者は、うらやむだけでしょうが……」

　堀田備中守が含み笑いをした。

「深室の同役たちは、嫉妬しますか」

「……………」

　無言で堀田備中守がうなずいた。

「嫉妬すれば、なにかと賢治郎へあたりましょうな。あまり露骨な嫌がらせは、上様の目に留まりかねませぬが、些細《ささい》なものならば気づかれずにすみましょう。深室は上様の寵臣だけに、そのていどのことでお袖にすがるわけにも参りますまい」

「心に負担がかかりまするな」

　牧野成貞も笑った。

「重なれば、いずれ深室は大きな失策を犯す。そこまでいかずとも、判断をまちがうこともございましょう。もし、お役目の最中、深室の手が滑り、上様のお身体《からだ》に傷でもつければ……」

　最後まで堀田備中守は口にしなかった。

「寵臣だけに許されますまいな」

小声で牧野成貞が後を続けた。

「上様とて、かばいきれぬ。無理をすれば、深室へより一層の嫉妬が向けられる。それに気づかぬほど上様は愚かではあらせられぬ。なんとか罪を軽くされようとなさろうが、それでもお側近くから離されざるをえまい」

「いかにも」

牧野成貞が同意した。

「そのとき、仲人という縁があると、余が救いの手をさしのべれば、どうなりましょうな」

「深室より上様が喜ばれましょう。そうなれば……」

「上様は余を味方として、引きあげてくださろう」

「備中守さま」

笑いを大きくした堀田備中守へ、牧野成貞が疑念の顔をした。

「余が、上様に味方するのではないかとご不安か」

堀田備中守が的確に指摘した。

「…………」

疑うようなまねである。さすがに牧野成貞が沈黙した。

「ご安心を。吾が父を死なせておきながら、己たちは生き残り老中でございと威張っている松平伊豆守、ああ、伊豆守は死にましたな。阿部豊後守への恨みは消えておりませぬ。あの二人さえ、もう少し堀田家へ気を遣ってくれれば、兄は所領を捨てるようなまねをせずともすんだし、余も奏者番などでくすぶってはおりませぬ」

堀田備中守の兄で、家光に殉死した加賀守正盛の跡を継いだ正信は、殉死した遺族への扱いが悪いと不満を爆発させ、幕政批判をして改易の憂き目に遭っていた。

「その二人に育てられた、いや、守られた上様は、余にとって仇の片割れ。決して忠誠は捧げぬ」

頰を大きくゆがめて、堀田備中守が宣した。

「頼りにいたしておりまする」

牧野成貞が頭を下げた。

第二章　報いの応酬

一

一度着替えて屋敷を出た賢治郎は、大工の棟梁《とうりょう》から聞いた辻《つじ》を管轄する自身番を訪れた。

自身番は、武家の辻番と同様、町屋の治安を維持するために設けられたものである。町役人から依託された番人が昼夜を問わず、町内を仕切る木戸に併設された番所に詰めていた。

「少しよいか」

自身番の戸障子は夜中でない限り開かれている。賢治郎は戸障子の外から声をかけた。

「なにか御用で」

板の間で寝転がっていた番人があわてて起きあがった。

「つかぬことを訊《き》くが、先日辻で見つかった死体を預かったのは、ここでよろしいか」

賢治郎は問うた。

自身番は、町内の地所持ちが費用を出し合って運営している。当然、町奉行所の管轄になる。町内であった掏摸《すり》や盗みなどの犯人を始め、行き倒れなど身元のわからない死体などを、町奉行所の指示あるまで預かる役目も担っていた。

「たしかにここでございますが……失礼ながらお武家さまは、どちらさまで」

番人が警戒した。

「旗本深室賢治郎と申す」

「お旗本さまでございますか」

名乗られた番人が、緊張した。

「どのようなことをお求めで。申しわけございませんが、町奉行所さまよりあまり話すなと命じられておりまする」

番人が言えないこともあると逃げを口にした。

「死んでいた、いや、殺されていた者の風体を教えていただきたい」

賢治郎が求めた。

「風体でございますか。それくらいなら……黒で無紋の羽織に尻端折《しりはしょ》り、足には草鞋《わらじ》を履いておりました」

「刀などは」

「木刀が一本側《そば》に落ちていたそうでございます」

「……やはり黒鍬者《くろくわもの》か」

聞いた賢治郎は予測していたとおりだと一人うなずいた。

「傷口は見られたか」

「ご検死のおりにちらと……」

番人が口ごもった。

「寝酒でも買ってくれ」

賢治郎は出がけに三弥からもらった小粒を番人へ握らせた。

「……こいつはどうも」

すばやく番人が小粒を懐《ふところ》へしまった。

「鳩尾《みぞおち》を一突きでございました」

「……鳩尾を。それでは、即死しない」

聞いた賢治郎が難しい顔をした。みぞおちは人体の急所には違いないが、心の臓や脳ほどではない。刺されたうえ、えぐられたらまだしも、突かれただけならば、しばらく息がある。

「他には」

「ございませなんだ。わたくしが見た限りでございますが」

番人が告げた。

「死体はどうなったか知らぬか」

「大番屋へ引き取られていきましたが、そこから先は……」

もう勘弁してくれと番人が首を振った。

「かたじけない。助かった」

礼を言って賢治郎は自身番を出た。

「黒鍬者が五人、一日で倒された。黒鍬者はたしか館林綱吉さまに近い。となれば、黒鍬を襲ったのは、甲府綱重さまか、紀州公か」

いくら考えたところで、それ以上の情報を持っていない賢治郎に答えが出るはずもなかった。

「わからねば尋ねるだけよ」

賢治郎は屋敷とは違った方向へ足を向けた。

日比谷御門を抜けると、最初に目に入る広壮な屋敷が紀州家上屋敷であった。

「深室さま」

門番足軽が、賢治郎に気づいた。

「三浦長門守《みうらながとのかみ》さまはおられるか」

前触れもなく頼宣へ目通りを願うわけにもいかず、賢治郎は家老三浦長門守のつごうを尋ねた。

「どうぞ」

躊躇《ちゅうちょ》なく門番足軽が、大門を開けさせた。

「よろしいのか」

賢治郎がためらった。

「殿より、深室さまお出での節は、かならずお通しせよと」

「……紀州公が」

「はい。玄関で取次の者がお待ちしておりまする」

驚く賢治郎を門番足軽が先導した。

「どうした」

待たされることもなく賢治郎は頼宣の居室へと案内された。

「不意にお邪魔をいたしまして、申しわけも……」

「止《や》めよ。面倒だ」

形式張った挨拶をする賢治郎を、頼宣が制した。

「あいにく長門守は、所用でおらぬ。余が話を聞こう」

頼宣が促した。

「先日、黒鍬者が五人、殺されましてございまする」

「知っておる。黒鍬三組の者どもだそうだ」

「そこまで……」

賢治郎は頼宣の凄《すご》さに驚いた。

「余にもいろいろ伝手《つて》はあるでな」

頼宣が笑った。

「違うぞ」

続いて頼宣が否定した。

「余は、黒鍬者などという小者を相手にせぬ」

「承知いたしておりまする」

賢治郎は応じた。

「ほう。ではなぜ、余のもとへ来た」

頼宣が興味を見せた。

「黒鍬者が館林さまについたのはご存じでございましょう」

「ああ。館林が黒鍬の娘に手を出したらしいな。愚かなことをする。黒鍬者の娘が産んだ子供は、将軍になれまい」

あきれた口調で頼宣が述べた。

将軍の血を引くことがなによりとはいえ、生母の身分は無視できなかった。黒鍬者は武士ではない。どれだけ生母への寵愛《ちょうあい》が深くとも、たとえ長男として生まれていても、世継ぎになれないかも知れなかった。

「桂昌院も愚かよな。たしかに本ばかり読んでいる息子では不安になるのはわかる。甲府はすでに子を孕《はら》ませている。次代を作れるかどうかも、将軍の性質として必須だからの」

「紀州公」

家綱には子供がいない。頼宣の言葉に従うとなれば、家綱は将軍として不足していることになる。賢治郎は語気を強くした。

「ふん」

頼宣が鼻先で笑った。

「上様に子がないゆえ、余の望みはある。その点で言えば、甲府綱重はふさわしくない」

みょうな言いかたで頼宣は、家綱が将軍としてふさわしいと評した。

「…………」

賢治郎は反応できなかった。

「余ではないと知りつつ、なにをしに来たのだ」

話を頼宣が戻した。

「黒鍬者を襲ったのは……」

「甲府だろうよ」

「なぜでございましょう」

綱重が、黒鍬者を殺すだけの理由を賢治郎は問うた。

「知るわけなかろう。余は甲府ではないのだ」

あっさりと頼宣は首を振った。

「これで帰しては、次からそなたは吾《わ》がもとへ顔を出さなくなるであろう。でだ、もし余が甲府だとしたら、どうするかというのを話してやろう」

頼宣が水を向けてきた。

「お願いを申しまする」

賢治郎は傾聴する姿勢に入った。

「その前に、誰か酒を持て」

手を叩いて頼宣が用を言いつけた。

「話をしてやるのだ。酒くらいつきあえ」

「はい」

頼宣の言葉に、賢治郎は首肯《しゅこう》した。

用意された膳《ぜん》は、いつものように質素であった。酒と焼いた味噌、梅干しを漬けるときに、色づけとして使われた紫蘇《しそ》の葉を刻んだものだけが、膳のうえに載っていた。

「勝手に飲め」

そう言って頼宣は、瓶子《へいし》から酒を自らの盃《さかずき》へ注《つ》いだ。

「うむ。まず、黒鍬が館林についた。これが、どう甲府に影響するか。黒鍬者は数もさほど多いわけではなく、権力もほとんどない。せいぜい辻の通行を差配するだけだ。御三家に準じる甲府家にとって、辻で足留めを喰《く》らうことはない。なにより、甲府の屋敷は江戸城の廓内にある。そもそも黒鍬者と出会わぬ。甲府にとって黒鍬などいてもいなくてもかわらない。おそらく無視しているだろう」

ていねいに頼宣が話した。

「もし、余が甲府の者ならば、黒鍬の娘を殺させる。それも、懐妊したとわかったときに。そうすることで、徳川の血を孕ませるということの重大さを綱吉に報《しら》せる。さすれば、綱吉はうかつに女を抱けなくなる。抱かなければ子ができぬ。できなければ、館林は子を作った甲府の後塵《こうじん》を拝するしかない。徳川の血を引く者の仕事は子を作ることだからな。それのできぬ者に、徳川の長者たる資格はない」

「…………」

すさまじいことを淡々と言う頼宣に、賢治郎は震えた。

「顔をゆがめるな。なにもないとの振りをせい」

頼宣が顔色を変えた賢治郎を叱った。

「よいか、嫌なことを聞かされて、感情を露《あら》わにしてよいのは、庶民だけだ。政《まつりごと》にかかわるものは、なにがあっても心を波立たせてはならぬ」

「…………」

賢治郎は息を呑んだ。

「武士は民を導かねばならぬ。そなたはまだ禄米取りだが、いずれ知行所を与えられるであろう」

知行所とは、何石という石高に見合う土地のことである。

「当然、領民が住んでいる。その者たちから年貢や運上を取りあげる代わり、守り導くのが領主の仕事である。そうだ、政よ。規模は小さくとも、政なのだ。政は、非情である。百人を生かすために一人を殺すこともある。そして、それを決定するのは、他の誰でもない。当主。そのとき、当主は顔色一つ変えず、一人を切り捨てねばならぬ」

「なぜでございましょう。当主も人でございまする。人を死なせる決断をするのは辛《つら》いはず」

賢治郎は問うた。

「心の痛みはあっていい。だが、それを面《おもて》に出せば、決断を疑う者が出てくる。悩んだとわからせてはならぬ。即断できるほど当然のことだと、周りに見せつけねばならぬ。それだけで民たちは判断を正しいと信じる」

頼宣が語った。

「迷った振り、あるいは悔やんだ顔、領主の表情を民はよく見ている。家臣もな。迷わず判断したことで、将来なにか起こっても、民たちは納得する。仕方がないと。だが、ためらいを見抜かれてみろ。あのとき、別の方法をとっていれば、このような羽目にはならなかったのではないかと、不信を持つ。小さな不信はやがて、大きなものになっていき、政への反発を生む」

「政では失敗が許されぬと」

「あほう」

言った賢治郎へ、頼宣があきれた。

「失敗せぬ者は人ではない。それは神だ」

「では、失敗しても平然としていろと」

「そうだ。それが政をする者の義務だ。平然としていながら、頭のなかでは今からできる最善手を考える」

頼宣が酒をあおった。

「公も失敗を……」

「数えきれぬほどしておるわ」

苦笑しながら頼宣が続けた。

「余最大の失敗は、紀州へ移ったことよ」

家康《いえやす》がその膝元《ひざもと》で育てた頼宣は、もっとも愛された子供であった。家康はその残した財産を将軍と御三家へ分配させたが、その隠居領であった駿河《するが》は頼宣へ継がせた。

領地だけではなかった。家康がとくに選んで隠居後の側近とした譜代の家臣もそのまま与えられた。

戦国を生き抜いてきた家康子飼いの臣たちである。それも隠居して大御所となった家康とともに天下の政をこなしてきた者ばかりなのだ。石高こそ五十五万石しかない駿河だったが、明日から幕府になり代わっても問題なくやっていける布陣であった。西を大井川、東を箱根山に囲まれた要害の地と優秀な家臣を持つ弟を、兄が警戒しないはずはなかった。

家康が死に、遠慮する相手がいなくなった二代将軍秀忠《ひでただ》は他の御三家を放置して、頼宣へ仕掛けてきた。

安芸《あき》一国を支配していた福島正則《ふくしままさのり》の改易《かいえき》を受けて、浅野長晟《あさのながあきら》を動かし、空《あ》いた紀州へ頼宣に移れと命じてきた。

「大坂の後詰めである枢要な地紀州を預けられるのは、頼宣だけである」

表向きは、頼宣に西の守りの要《かなめ》を頼むと言いながら、徳川にとって格別の地駿河から、加増もなしでの移封は排除でしかなかった。

「後詰めなどといわず、大坂を任されよ」

頼宣は秀忠に大坂城を寄こせと言い返したが、認められるはずもなかった。大坂は徳川にとって敵地の象徴である。そこへ、兄の地位を脅かす弟を配せるわけなどなかった。

「ならば駿河から動かぬ。ここは父より賜《たまわ》った土地である」

紀州への移転を頼宣は断った。

「家を潰《つぶ》すおつもりか」

家康から付けられた筆頭家臣である安藤帯刀直次《あんどうたてわきなおつぐ》が、頼宣を説得した。

「将軍に逆らえば、兄弟といえどもただではすみませぬ」

安藤帯刀は頼宣の裾《すそ》を摑《つか》んで、強要した。

「あのとき、安藤帯刀は余を殺すつもりであった」

思い出しながら頼宣が語った。

「歴戦の将というのは怖いものだ。余は初めて命の危難を覚え、思わずうなずいてしまった」

小さく頼宣が笑った。

「大きな過ちであったわ。帯刀は余を脅しただけであった。余は帯刀に騙《だま》された。兄の紀州移封は、まだ内示でさえなかったのだ。当然だな。神君と讃《たた》えられた父から、譲られた地を取りあげる。さすがに二代将軍とはいえ、そうそうできるまねではない。そこで、兄と帯刀は組んだ」

「付け家老が……」

賢治郎は驚愕《きょうがく》した。

付け家老は、家康がその息子を独立した大名とするときに、付属させた譜代大名のことだ。有能であるのは当たり前のこと、なにより信用できる者でなければならなかった。

「付け家老など、信用できるか」

吐き捨てるように頼宣が言った。

「あやつらは不満の塊《かたまり》よ。余以上のな」

頼宣が頬《ほお》をゆがめた。

「いかんな。そなたを叱ったばかりだ。余が落ち着きを失っては説教の意味がない」

落ち着こうと、頼宣が大きく息を吸った。

「付け家老は、一段落ちよ。一応神君家康さまより、末代まで粗略にはしないと言われているらしいがの、実質陪臣でしかない」

いつの間にか頼宣は家康を父と言わなくなっていた。

「事実、安藤帯刀の息子直治《なおはる》は、千石でいいから旗本に戻してくれと幕閣に訴えたこともある」

「はあ」

安藤家は紀州田辺城主であり、その所領は三万二千石に及ぶ。千石とでは余りに差がありすぎ、賢治郎には実感が浮かばなかった。

「まあ、そんなことはどうでもいい。付け家老は藩主の味方ではなく、幕府の配下だと知っていればいい。目付《めつけ》役と言ってもいい。藩主が馬鹿をすれば、一蓮托生《いちれんたくしょう》で潰される。兄忠輝《ただてる》の付け家老がそうだ」

家康の六男忠輝は、謀叛《むほん》を疑われて藩を取りあげられ、流罪となった。その忠輝に付けられていた家老皆川広照《みながわひろてる》は、改易処分を受けていた。

「身分を落とされたうえ、付けられた主《あるじ》の失策の責任を負わされる。おもしろいわけはないだろう。安藤帯刀が兄の側に立ったのも当然だ。裏でどういう約束があったかまではわからぬがの」

　感情を抑えこんだ頼宣が盃を手でもてあそんだ。

「若かった余は、帯刀の威圧に負けて、紀州への移封を承諾してしまった。生涯痛恨のできごとであった。強く拒み、神君家康公から下賜《かし》された領地を取りあげようとする兄の非道を天下に訴え、戦《いくさ》を起こすべきであった。たとえ敗れても、悔いを残したまま生き続けるよりはるかにましであった」

　味噌をなめながら、頼宣が世間話のように言った。

「天下をそこまで望まれまするか」

　賢治郎は飲食を忘れていた。

「天下なんぞ要《い》らん」

「えっ」

　頼宣の答えに賢治郎は唖然《あぜん》とした。

「なんという顔をしておる」

　賢治郎を指さして頼宣が笑った。

「余はな、秀忠に復讐したいのよ。いや、家康公に」

「…………」

驚きの余り、賢治郎は言葉を失った。

「秀忠の血統より、見事に天下の政をこなし、余を紀州へ遠ざけた秀忠と余に天下を譲らなかった家康公を見返してやりたいのだ」

ほんの少しだけ、目を細めた頼宣が宣した。

「いかんな。歳《とし》を取ると話が違う方向へ流れやすくなる。黒鍬者の話であったの」

呆然《ぼうぜん》としている賢治郎に、頼宣が苦笑した。

「なぜ黒鍬者が殺されたかと。先ほども申したが、余ではない。となれば、相手は甲府だ。なれど、甲府は黒鍬者と接点がない」

確認するように、頼宣が言った。

「はい」

問題を整理した頼宣へ、賢治郎は首肯した。

「よく考えよ。お城内廓の桜田御殿は黒鍬者とかかわらない。だが、廓外の者が桜田御殿へ行くには黒鍬者の支配する辻を通らねばならぬ」

「あっ……」

賢治郎が思いあたった。

「わかったようだの。あともう一つ、そなたの屋敷とは少し離れるゆえ、知らないようだが……」

　頼宣がじっと賢治郎を見た。

「お城に近い比丘尼橋《びくにばし》が落ちた」

「そんな」

　賢治郎は何度目かの驚きで目を剝《む》いた。

　江戸の橋はよく落ちた。工事がずさんなのか、それとも一気に人が集まったせいかはわからないが、何年かに一度橋が落ち何十人もの人が死んでいる。

　しかし、これらは皆、お城から離れた町屋を結ぶ橋であった。江戸城に近く、武家地を結ぶ橋での事故はほとんどなかった。これは、橋が黒鍬者によって厳重に管理されているため、異常があればただちに補修されたり、通行禁止になったりといった対処が成されるからである。

　その比丘尼橋が落ちた。

「町の噂でな、正しいかどうかはわからぬがの。比丘尼橋が落ちたとき、ちょうど通っていた女駕籠《おんなかご》があったそうだ」

「女駕籠……順性院さま」

賢治郎は理解した。

「さて、話し疲れたわ。今日は、もう帰れ」

飽きたと頼宣が手を振った。

「今度は前もって報せてこい。飯を喰わせてやる。紀州の名物をいろいろ用意してやろう。固いうえに臭いが、狼の肉など珍しかろう。誰か」

頼宣が手を叩いた。

「お呼びでございましょうか」

「客人のお帰りだ。見送りを」

顔を出した用人へ、頼宣が告げた。

「公……」

「なんでも他人に訊くな。己で動く癖をつけろ。若いうちから楽を覚えるんじゃない」

まだ訊きたいことがあると言いかけた賢治郎を、頼宣が叱った。

「若者にものを教えるのは年長者の仕事。だが、それは若者が努力していながら、迷路にはまりこんで出口を見失ったときだけ。赤子ではないのだ。一から十まで手取り足取り教えては、かえってためにならぬ。そなたは、家綱さまの耳目なのだ。耳目が他人に引きずられては、どこへ鼻を向けていいのか家綱さまが困惑されよう」

頼宣が諭した。

「ではの」

「どうぞ」

うなずいて見せた頼宣に応じた用人が、賢治郎の後ろから声をかけた。

「……ありがとうございました」

これ以上は無礼になる。賢治郎はあきらめて一礼した。

「支え合うはずの兄弟で相争う。天下という権についてくる呪詛《じゅそ》なのかも知れぬな」

背を向けた賢治郎へ頼宣が呟《つぶや》くように言った。

「余を含め、徳川の血を引く者は、骨の髄まで呪われている。もちろん、上様もだ。いや、もっとも深く汚染されている」

「公」

「…………」

咎《とが》めた賢治郎へ、頼宣は無言で憐《あわ》れみの目を返した。

二

翌朝、賢治郎は家綱の髷《まげ》を整えながら、黒鍬者の話をした。

「黒鍬者とはなんだ」

家綱は黒鍬者のことを知らなかった。

「もとは甲州武田家の金山衆であったとか……」

賢治郎は黒鍬者を説明した。

「そのような者がおるのか。いや、あらためて躬《み》はなにも知らぬとわかるわ」

家綱がなんとも言えない顔をした。

「上様がお気になさるほどの者ではございませぬ」

「仕えてくれる者のことを知らずして、主君といえようか。賢治郎、そなた心得違いをいたすでないぞ」

黒鍬者のことを知らなくて当然だと言った賢治郎を、家綱は叱った。

「もうしわけございませぬ」

　賢治郎が謝罪した。

「たとえ、小者の類《たぐい》であれ、躬のために仕えてくれている者じゃ。といったところで、躬にはなにもできぬし、また、躬が一々黒鍬者に命を下すわけにもいかぬ」

「…………」

「先日阿部豊後守が申しおったわ。天下の隅々まで知ることなど、人の身で叶《かな》うことではない。政をおこなう者は、すべてを知ろうとするのではなく、このような案件は誰に任せればいいかだけわかればいいとな」

　家綱が述べた。

「はあ」

　お花畑番のころからを含めて、阿部豊後守からは怒られた覚えしかない。賢治郎は返事ともいえない声を出した。

「やはりわからぬか」

　小さく家綱がため息をついた。

「任せる相手をその度に考えよと、阿部豊後守は申したのだ。つまり、一人にすべてを任せきるのではなく、適材適所だとな」

「一人に……」

「そうよ。阿部豊後守はな、賢治郎一人を信じるなと遠回しに言いおったのだ。今の話でもそうだ。黒鍬者の一件、躬はそなたからしか聞かされておらぬ。ゆえに、そなたの言を信じるしかない」

「同じことを紀州公からも言われましてございまする」

家綱に賢治郎は報告した。

「上に立つ者はそうでなければならぬ」

凛《りん》とした表情で家綱が言った。

「だがの、賢治郎」

表情を曇らせて、家綱が続けた。

「躬はそう思わぬ。人がものを報告するとき、かならず己の利となるようにしておる。己の失策を隠し、原因を他に押しつけたり、躬の対応を誘導し、己の得となるようになどな」

家綱が語った。

「もちろん、そのなかから真実だけを見抜けるようになればよいだけなのだが、ずっと城の奥に閉じこめられている躬に、そのようなことなどできようはずもないであろう」

将軍はまず江戸城からでなかった。出るとしても、増上寺《ぞうじょうじ》や寛永寺《かんえいじ》など、徳川家の菩提寺《ぼだいじ》へ詣るか、日光東照宮へ参拝するかしかなかった。そのうえ、出かけたところで、厳重に警固の旗本に囲まれた駕籠のなかから、外を見るていどでしかない。

「米がいくらしているか、城下で今なにがはやっているのか、まったく知らないのだ。そんな躬に、物事の真贋を判断できるわけなどない」

「上様ならば、おできに……」

「止めよ」

誉《ほ》め称《たた》えようとした賢治郎を、家綱が制した。

「躬のことは躬がわかっている」

「申しわけございませぬ」

賢治郎は頭を下げた。

「ゆえに、躬はそなたの申すことを信じる。決して疑わぬ」

「……上様」

全幅の信頼に、賢治郎は感激すると同時に、震えるほどの恐怖を感じていた。

「綱吉にも寵愛する側室ができた。これで綱重の利は、先に生まれただけとなった」

甲府宰相綱重は、早くから女色に耽《ふけ》っていた。何人かの女に手を出し、そのなかの一人が懐妊している。これは将軍候補として大いなる利点であった。

徳川将軍家も四代、六十年となった。戦国をとりまとめ、大名たちを押さえつけるためにあった幕府も、その性格を変えていた。

大名たちを潰し、謀叛の芽を摘むことから、波風を立てず、天下泰平を旨とする。

徳川幕府の姿勢は、軍事から文治へと移行した。

力で天下を取った乱世は家康によって終わった。代わって徳川の血を引く者が代々、天下の主となる。

戦うことのない継承。

泰平の象徴であるこれには、絶対の条件があった。現将軍に子供があることである。

しかし、現実は家綱に子供はいない。これは大きな問題であった。

家康から秀忠、家光、家綱と直系で続いてきた徳川将軍の伝統がとぎれかけていた。

もちろん、家綱は若く、正室だけでなく、側室もいる。子供ができる望みは大きい。だが、それを待っていられるほど天下は気長ではなかった。いや、天下ではない。天下を動かしていると考えている者たち、天下を動かしたいと望んでいる者たちにとって、次代の決定はなによりも重要であった。

人は永遠に生きられない。将軍もいつかはその座を譲らなければならない。将軍が代われば、その政を支えた者たちに影響が出た。堀田加賀守正盛のように殉死する者、阿部豊後守のように次代の傅育《ふいく》を任される者。権力どころか生死まで分ける。これが、将軍の代替わりであった。

代替わりで生き延びる、あるいは浮かびあがる。そのためにはどうすればいいか。いち早く次代となる人物と誼《よしみ》をつうじる。これに優《まさ》る方法はなかった。

家綱に男子があれば、問題はなかった。次代を望む者たちは、その子供一人に集約されていく。なれど家綱には子供がない。

当然、次代を望む者たちの目は、家綱の後継者となるであろう者、甲府宰相綱重、館林宰相綱吉に向く。

二人の候補者、どちらにつくべきか。血統の正当さ、優秀さ、気性、いろいろと選択の条件はある。その一つであり、重要なのが次の代を作れるかどうかであった。苦労して五代将軍となる人物と渡りを付けても、子供がなく、六代将軍を別のところから迎えるとなれば、せっかく作った縁がとぎれてしまう。

政を担いたい者、より出世したい者にとって、将軍との繋《つな》がりはなにより大切である。誰もが家光の寵愛を受け、家綱の御世でも執政として腕を振るった松平伊豆守信綱や阿部豊後守忠秋のように、代をこえて活躍したいのだ。

それには実子継承できる人物を担ぐにこしたことはない。

この一点にかぎり、学問にはあまり興味を持たないが女好きで、さっさと側室に子を孕ませた綱重は、女を好まず、学問ばかりしている綱吉より優位だった。

それが変わった。

「甲府が焦ったならばわかる。黒鍬者が館林についたからな」

家綱が首をかしげた。

「しかし、最初に襲われたのは、そなたの話によると順性院であるという。今回黒鍬者が殺されたのが、その復讐だとなれば……なぜ、順性院を害そうとしたのか、その理由が知れぬ」

「はい」

疑問を呈する家綱に賢治郎が同意した。

「もう少し、調べよ」

家綱が命じた。

「承って候」

賢治郎が平伏した。


黒鍬者一郎兵衛は、組内からより抜いた五名とともに、日の落ちた桜田御用屋敷前で息を潜めていた。

「やはり今宵《こよい》も泊まるようだな。用人は」

一郎兵衛が確認するように呟いた。

「ずっと屋敷には帰っていないらしい」

黒鍬者には珍しい槍術を学んだ又蔵《またぞう》が応じた。

「面倒だな」

弥助が苦い顔をした。

「御用屋敷には伊賀者《いがもの》が詰めている」

三代将軍家光の愛妾順性院が生活する桜田御用屋敷は、大奥に準ずる扱いを受ける。順性院警固のための御広敷《おひろしき》伊賀者が二人、常時詰めていた。

「戦うにしても、用人と同時はつらいぞ」

「…………」

己吉《こきち》の意見に、一同は黙った。

「外で一対一ならば伊賀者に引けはとらぬが……」

又蔵が語尾を濁した。

「屋敷のなかでは勝負にならぬぞ」

黒鍬者は忍《しのび》ではない。狭い室内での争闘の経験はほとんど持っていなかった。

「誘い出すしかないな」

一郎兵衛が告げた。

「どうやって……」

「呼び出すまでよ。その前に話をつけておかねばならぬが」

問う弥助に一郎兵衛が述べた。

「話をつける……誰に」

己吉が首をかしげた。

「伊賀者にだ」

「なぜだ。伊賀者にはかかわりなかろう。はっきり言え」

わからぬと弥助が一郎兵衛へ迫った。

「我らが順性院さまに手を出さぬと宣しておかねば、伊賀が出てくる」

「信用できるか」

不意に黒鍬者とは違う声がした。

「なにっ」

「誰だ」

弥助と己吉が辺りを見回した。

「…………」

無言で又蔵が手にしていた棒を構えた。

「よせ。伊賀者だ」

一郎兵衛が配下たちを制した。

「馬鹿な、近づく気配などなかったぞ」

己吉が唖然とした。

「近づいていなかった」

穏やかな声で一郎兵衛が言った。

「最初からここにいたのだろうよ」

一郎兵衛が述べた。

「知っていたのか、小頭。なぜ、ここに」

又蔵が咎めた。

「三日続けて、ここから桜田御用屋敷を見張ったのだ。伊賀者に知られていて当然だろう。我らに気づかぬようでは、警固役など務まるまい」

「ほう……」

伊賀者が感心した。

「わかっていて、ここで話をしたか」

「でなくば、信用されまい」

一郎兵衛が応じた。

「どういう経緯があるとかは言わぬ。我らが順性院さまを襲ったのは確かだからな」

「そうだ」

さきほどまで頭上から聞こえていた声が、右に移った。

「だが、御用屋敷の敷居内、いや、見える範囲ではない」

「ふん。それで伊賀者の敵に回ってはいないと言うか」

嘲笑《ちょうしょう》が今度は左からした。

「虫のよいことだとわかっている。しかし、事実であろう。順性院さまも山本兵庫も、伊賀者に責を求めなかった」

「恩に着せる気か。責を押しつけようもあるまい。順性院さまが狙《ねら》われたなどと、表《おもて》沙汰《ざた》にできないであろう。目付にでも訴えてみるか。喜んで、目付は順性院さまを襲った者ではなく、なぜ順性院さまが襲われたのか、その原因を探ってくれようよ」

伊賀者が笑いを含んだ声で言った。

「…………」

一郎兵衛が黙った。

「我らのかかわりのないところで、どことどこが争おうが、誰が五代将軍さまになろうが、伊賀にとっては、今夜のおかずよりもどうでもいい話だ」

一度伊賀者が言葉を切った。

「なにせ、伊賀者はお目通りのかなう身分でもないうえ、手柄を立てようとも、終生伊賀者のままだからな。もっとも今の世で手柄などたてようもないがの」

くぐもった笑い声が、頭上から落ちてきた。

「黒鍬者も同じであろう。いや、伊賀よりまだひどい。我らは一応士分だからな。黒鍬者は名字を名乗ることさえ許されぬ」

「ゆえにお伝の方さまを守らねばならぬ。お伝の方さまが、館林宰相さまのお胤《たね》を孕み、宰相さまが五代さまとなられたならば、我らにも日は当たる」

一郎兵衛が言い返した。

「黒鍬者全部とは言わぬ。お伝の方さまに与《くみ》した者だけだが、士分へあがり、そして禄も増える」

「甘いな。それほど幕府がやさしいと思うのか。幕府は変わった。乱世ならば、我らの組頭であった初代服部半蔵《はっとりはんぞう》のように、伊賀者でも八千石の旗本となれた。だが、今は、世襲に固まっている。伊賀者は末代まで伊賀者、黒鍬者は死んでも黒鍬者。身分は変わらぬ」

厳しい現実を伊賀者は突きつけた。

「やってみる価値はある。このまま子々孫々まで馬糞拾いではたまらぬ」

悲憤を一郎兵衛が漏らした。

将軍家が城から出るとき、江戸の辻を管理する黒鍬者には、特別な任が命じられた。将軍家の行列が進むすべての経路に落ちている馬糞を拾うことである。万一、行列の途中で駕籠を下ろさねばならなくなったとき、そこに馬糞があれば、将軍家の御駕籠を汚してしまう。

「臭いの」

将軍がこう一言漏らせば、供頭《ともがしら》、駕籠脇を警固する書院番組頭の首は飛ぶ。そうならぬように、将軍家の行列が来る前、黒鍬者は地べたに這《は》って、落ちている馬糞を拾うのだ。

「きさまたちが、なにをしようとも伊賀は関係ない」

興奮する一郎兵衛とは逆に、伊賀者は冷えていた。

「ただ、我らの範疇《はんちゅう》でことを起こすな。御用屋敷、その周囲以外であれば、我らは邪魔せぬ。それが、順性院さまのお命をどうこうすることであってもな」

「わかった」

「………」

うなずく一郎兵衛に応答はなかった。

「消えた……」

己吉があらためて周囲を見回した。

黒鍬者一同が、寒そうに首をすくめた。

「御広敷伊賀者ではないな。あれは明屋敷伊賀者だ」

一郎兵衛が告げた。

「明屋敷伊賀者といえば、人の住んでいない屋敷を管轄する」

「そうだ。そして御用屋敷の手入れも役目」

確認した己吉に、一郎兵衛がうなずいた。

「なぜわかる」

「順性院さまのことを気にしないと最後に告げたであろう。御広敷伊賀者ならば、絶対に言わぬ。順性院さまは桂昌院さまと違い、甲府屋敷に移らず、ずっと御用屋敷で生活している。これは幕府との、いや、大奥との繋がりを切っていないとの証《あかし》。御用屋敷は大奥の続きとなる。そこで順性院さまが殺されてみろ、大奥が騒ぎ出し、御広敷伊賀者は責任を負わされる。さきほどの伊賀者は御用屋敷にだけこだわっていた」

一郎兵衛が説明した。

「伊賀者も一枚岩ではないということか」

「我ら黒鍬も、一組と三組の間には埋まらぬ溝があるであろう」

「たしかにな」

己吉が納得した。

「帰るぞ」

一郎兵衛が言った。

「山本兵庫をやるのではなかったのか」

弥助が驚いた。

「たった一人の伊賀者に翻弄されたのだ。そんな伊賀者が何人もいる御用屋敷へ、討ち入るのか。冗談ではない。我らは死ににいくのではない。生き残って栄華を満喫したいために、その邪魔となる者を排除するのだ。こちらに不利な条件で戦う意味はない」

「ではどうすると」

「誘い出す。そろそろ甲府公の側室が子を産む。そうなれば、順性院さまは我慢できまい。今は、命の危難を乗りこえたばかりで、大人しく御用屋敷に籠《こ》もっているが、初孫の顔を見たくなるだろう」

「用人が止めよう」

一郎兵衛の話を己吉が否定した。

「女を止められる男などおらんわ」

苦い顔で一郎兵衛が告げた。

「さすがに生まれた当日は無理だろうがな。順性院さまは三代将軍家光さまの寵姫《ちょうき》だったのだ。それこそ、願いはすべてその日のうちにかなったであろう。好き放題に振る舞ってきた寵姫が、仏門に入ったからといって、悟りなど開けるはずもあるまい」

「それはそうだな」

己吉も同意した。

「最初は止められても、いずれ順性院さまの辛抱は尽きる。そして一度出れば、それまでよ。我慢できなくなり、毎日となる」

「毎日の移動は面倒だ。そうなれば、桜田館に滞在となるのではないか」

弥助が問うた。

「それならば、よりつごうがいい。いかに用人とはいえ、順性院さまとともに甲府の屋敷で寝泊まりはできない。いつ帰るかわからぬ順性院さまを毎日迎えに行かなければならない」

「なるほど」

又蔵が納得した。

「どちらにせよ、伊賀を敵にするわけにはいかぬ。しばらくは見張るだけでな。戻ろう」

「承知」

一郎兵衛の合図で、一同が帰途についた。

三

真実の耳目たれ。

家綱から言われた賢治郎は、高揚していた。家綱の髷御用を終えると、即座に下城し、一日江戸市中を歩き回った。

「ただいま、戻りましてございまする」

連日、賢治郎が屋敷へ帰るのは日が暮れであった。昼餉《ひるげ》さえも、屋敷で摂《と》らず、出迎えに来た清太《せいた》に握り飯を用意させ、寸刻も惜しまなかった。

「お勤めご苦労さまに存じまする」

玄関で待っていた三弥の機嫌は悪かった。

「遅くなりました」

「父が呼んでおりまする。夕餉はそのあとで」

三弥が紋切り口調で告げた。

「義父上《ちちうえ》が……」

紀州家家老三浦長門守家への婿《むこ》養子話以来、作右衛門は賢治郎を避けていた。賢治郎は何用かと、三弥の顔を見た。

「存じませぬ」

冷たく三弥が首を振った。

「はあ」

素《そ》っ気《け》ない三弥に、賢治郎は嘆息するしかなかった。最近、三弥とゆっくり話をしていないことに賢治郎は気づいたが、どうしていいかわからなかった。

黙った三弥を案内に、賢治郎は義父作右衛門の書斎へと伺候した。

「ただいまもどりましてございまする」

許しが出るまで、当主の部屋に入ることはできなかった。賢治郎は廊下で膝をつき、帰還を報告した。

「遅かったの。御用か」

作右衛門は、上機嫌であった。

「はい」

「小納戸《こなんど》は上様の手足である。励めよ」

「ご指導ありがたく」

ていねいに賢治郎は一礼した。

「お呼びとのことでございまするが」

「ああ。三弥とともに、入るがよい」

賢治郎の問いに、作右衛門が応じた。

「ご免」

「失礼いたしまする」

二人は、書斎の襖際《ふすまぎわ》に並んで座った。本来ならば、賢治郎が少し上に腰を下ろすべきであるが、婿養子の哀しさ、三弥と同列の位置をとらなければならなかった。

「喜べ。おまえたちの婚儀のお仲人が決まった」

作右衛門が告げた。

「お仲人さまでございますか」

「どなたさまでございましょう」

家綱の所用で婚儀のことを忘れていた賢治郎が戸惑ったのに対し、三弥は落ち着いて問うた。

「驚け。なんと奏者番《そうしゃばん》を務めておられる堀田備中守さまが、お引き受けくださった。備中守さまとは、殿中でお知り合いになってな、それ以来親しくおつきあいをくださった。で、今回、お願いしたところ、深室家の慶事であるならばと、喜んでお引き受けくださったのだ。ご多忙のなかをな」

誇らしげに作右衛門が語った。

「堀田備中守さま……」

奏者番は御座の間へ来ることもある。堀田備中守の顔くらいは知っているが、話をしたことさえない。賢治郎は困惑した。

「そのようなお偉いお方さまにお願いいたしてよろしゅうございますので」

三弥が懸念を表した。

武家にとって格は厳密なものであった。禄高がひとしくとも、格が一つ違うだけで、口を利《き》くこともかなわないほどの差があるのも珍しくはなかった。譜代大名と六百石の小旗本では、三つほど格差があった。

仲人は一門の長老、役目の上役、近隣の有力者など、格上に頼むのが普通である。それでも、せいぜい一つ、無理をして二つがよいところであった。

「大事ない。深室家も、すぐに千石をこえる。いや、寄合格になる。寄合になれば、備中守さまとの差は一つだけとなる。気にせずともよい」

作右衛門が手を振った。

「ですが、お願いするとなりますれば、相応のお礼をいたさねばなりませぬ。備中守さまともなれば、かなりのものを用意いたさねば、失礼になりまする」

さすがに幼いとはいえ、女である。三弥は金の心配をした。

「それくらいどうと言うことはない。賢治郎、紀州公の仰《おお》せられていた二千石の加増は、いついただける」

にこやかに笑いながら、作右衛門が訊いた。

「……公の遺産となりましてございまする」

「なんだと」

さっと作右衛門の顔色が変わった。

「すぐにもいただけるとのお話ではなかったのか」

作右衛門が詰問した。

「理由が立ちませぬ。わたくしは旗本でございまする。紀州公から加増をいただくだけの筋目がとおりませぬ」

いかに御三家とはいえ、すでに独立した藩である。対馬《つしま》の家老柳川《やながわ》家に代表されるよう、諸藩の家臣が、幕府から禄を受けることはままある。これは、幕府が諸藩よりも格上だからできることであり、逆は許されなかった。

「紀州公がお亡くなりになられたとき、領地のうち、二千石を上様へ返上する。その二千石をわたくしへ加増いただくと。ゆえに遺言となりましてございまする」

「馬鹿な……」

賢治郎の説明に、作右衛門が絶句した。

「堀田さまにお断りを申しあげまするか」

「そんな恥ずかしいまねができるか」

提案した三弥を作右衛門が怒鳴りつけた。

「恥ずかしいだけですまぬ。備中守さまに睨《にら》まれれば、当家など終わりだ。儂《わし》は留守居番を外され、どこか遠国《おんごく》奉行の副役として飛ばされ、死ぬまで江戸の地を踏めまい」

作右衛門が震えた。

「ではございまするが、当家の台所もあまり余裕はございませぬ。とても奏者番さまへお渡しできるほどの礼を用意するのは難しゅうございましょう」

淡々と三弥が言った。

「……………」

歯がみして、作右衛門が黙った。

「金はなんとでもする。備中守さまに引いてもらい、出世できればどうにかなる。そうだ、長崎奉行にしていただくよう、お願いしよう。長崎奉行を三年やれば、三代喰えるというほどに余得があるらしいからな」

作右衛門が言い出した。

「とりあえず、そなたたちで備中守さまにご挨拶をいたせ」

「ご挨拶の品はいかがいたしましょう」

父の命に、三弥が問うた。

「刀がよい」

「当家の刀簞笥《だんす》にそれほどのものはございませんが」

三弥が言い返した。

武家は戦うのが本業である。そして刀にしても槍《やり》にしても使えば、欠けたり、折れたり、曲がったりする。その修繕をしている間、あるいは新しい武器を手配している間、無手では話にならない。そこで、どこの武家でも差し替えの刀を用意していた。御家人や小禄の旗本なら、せいぜい数本だが、深室家ほどの旗本ならば、刀保管用の簞笥を二つ、三つほど持っているのが普通であった。

とはいえ、六百石の旗本が、相模政宗《さがみまさむね》や、備前長船《びぜんおさふね》などの銘刀を所持しているはずなどなく、無銘のものがあるだけであった。

「賢治郎、そなたの刀はどうだ」

「……備前ものとは思いまするが、無銘でございまする」

賢治郎が首を振った。

実家の松平家は名門である。太刀《たち》も知られた名工のものが多かった。だが、兄に嫌われ、放逐同然で養子に出された賢治郎に、銘刀など与えられるはずもなく、佩刀《はいとう》と差し替えともに無銘であった。

「ええい、役に立たぬ」

作右衛門が罵《ののし》った。

「馬などよけいに、用意できぬし」

武門の贈りものは、太刀か馬というのが決まりであった。実際、馬など何頭も押しつけられては、その飼育でかえって迷惑となるので、今では馬何疋《ひき》と目録に書いて、銀子《ぎんす》を贈るようになっていた。

「とりあえず、太刀だけはなんとかせねばならぬ」

意地になって作右衛門が宣した。

「下がれ」

不機嫌になった作右衛門が、手を振った。

「では、これにて」

「…………」

賢治郎と三弥は、作右衛門の前から下がった。

「どういたしましょう」

居室へ戻った賢治郎は、着替えの手伝いをしてくれている三弥へ問うた。

「刀のことでございまするか」

「はい」

確認する三弥に、賢治郎は首肯した。

「どうにかなさいましょう」

知ったことではないと三弥が言い捨てた。三弥は一人娘にありがちな、勝ち気でわがままな質《たち》である。それを押し隠すだけの賢さを持っているが、身内に対しては遠慮がなかった。少し前、賢治郎を出し、別の家から婿を迎えようとした父作右衛門に、三弥は怒り、それ以降、作右衛門に対して一層厳しくなっていた。

「いざとなれば、簞笥のなかで眠っている刀を売り払い、その代金で銘刀を買い求めればすみまする」

「よろしいのか。刀の予備がなければ」

「あなたさまと違って、父は刀を抜くことなどございませぬ」

危惧《きぐ》した賢治郎を、三弥が睨んだ。

「最近、お帰りが遅いのは、またなにかなさっておられるのではありませぬか」

三弥が低い声で尋ねた。

「危ないまねはいたしておりませぬ」

「それは承知いたしておりまする。袴《はかま》や羽織を畳んでいるのは、わたくしでございまする」

否定した賢治郎へ、三弥が胸を張った。

賢治郎は、松平伊豆守や阿部豊後守の指示を受け、何度か刺客と戦ったことがあった。賢治郎も剣術は得意だが、相手も刺客になるほどである。かなりの遣い手ばかりであった。勝ち残っては来たが、無傷とはいかなかった。

真剣で戦えば、傷もできるが、それ以上に衣服に跡が残った。敵の一撃を紙一重で避けるためだ。大きな動きは体勢を崩し、己を不利にする。どれだけ相手の攻撃をぎりぎりで見切れるかが勝負の分かれ目である。当然、衣服が切られるのは織りこみずみであった。生き残った代わりに、袴が、紋付きが裂けるのだ。それを三弥が見逃すはずはなかった。

「他のことで遅くなっているなどというような……」

三弥の目つきが鋭くなった。

「なにを……」

「悪所にかよわれたりしておられるようなことは」

「……とんでもござらぬ」

悪所とは、吉原に代表される遊郭《ゆうかく》のことだ。賢治郎はあわてて否定した。

「最近、金子《きんす》をお遣いになられる機会が多いようでございまするが」

追及は終わらなかった。

賢治郎の紙入れは、帰宅して着替えたとき、三弥の手に渡され、翌朝出かけるときに、賢治郎へ戻される。その間に使っただけ補充されるのだ。

「あれは……」

賢治郎は口ごもった。

町人の口を開くのに、武家の身分はかえって逆効果であった。うかつなことを口にして、咎められてはとつぐんでしまう。それを開かせるのに金は妙薬であった。なにせ、金ほどの実利はない。まして働かずして得られるほどありがたいことはない。そして、金を出すというのは、権力を使わない、いや使えない証拠でもある。訊くほうにも、あまり表沙汰にしたくない事情があると言外に伝えているのだ。町民たちは金を出されれば、安心して話をしてくれる。賢治郎は昨今、そのことに気付き、最初に金を出すようにしていた。

「わたくしには、お話しいただけぬと」

ますます三弥の態度は硬くなっていった。

「御用でござる」

賢治郎は逃げた。

「御用と言えば、女は黙るとお思いでしたのなら、大きなまちがいでございまする」

三弥は引き下がらなかった。

「あなたさまのお役目は、お小納戸月代御髪係《さかやきおぐし》でございまする。御用は、上様のお身《み》形《なり》を整えさせていただくことだけのはず。それにお金は不要でございましょう」

「…………」

正論に賢治郎は黙るしかなかった。

「よろしゅうございましょうか」

そこへ家士が夕餉の膳を持ってきた。

「……いたしかたございませぬ。のちほど、お話を続けさせていただきまする」

一旦、三弥が矛先《ほこさき》を納めた。

「いただきまする」

賢治郎は、少しでもときを稼ごうと、いつもよりゆっくり食事をした。

「おかわりはいかがでございまするか」

五杯目を食べ終わった賢治郎へ、三弥が手を出した。普段三杯しか食べない賢治郎が五杯もお代わりをした。その真意が引き延ばしと知っていての、嫌がらせであった。

「いや、馳走でございました」

さすがにこれ以上は食べられない。賢治郎は茶碗を置いた。

「では、お話の続きを」

「お待ちを」

話を戻そうとした三弥を、賢治郎は制した。

「お話はできませぬ」

「…………」

拒んだ賢治郎を三弥が無言で見つめた。

「やましいことはありませぬ。それだけをお信じいただきたい」

賢治郎は真摯《しんし》な思いをこめて言った。

「わかりましてございまする」

あっさりと三弥が納得した。

「えっ」

拍子抜けした賢治郎が間抜けな顔をした。

「わたくしに顔向けできぬようなことならば、紙入れの金を遣われますまい。紙入れを点検しているのはわたくし。わたくしに知られたくないならば、少なくとも紙入れの金には手をつけられぬはず」

「最初から……」

悪所の話など、もとから気にしていなかったと教えられ、賢治郎は唖然とした。

「当たり前でございまする。わたくしは女。女は己の男を他の女に渡しませぬ。わたくし以外の女の気配があれば、すぐに気づきまする」

三弥が少女ではなく女の顔で笑った。

「…………」

賢治郎は黙った。

「ただ一つ、お約束いただきますよう」

「なんでございましょう」

「無茶はなさいませぬよう」

何度目になるかわからない釘《くぎ》を、三弥が刺した。

「こちらから、危難を求めたことはございませぬ」

濡れ衣《ぎぬ》だと賢治郎は首を振った。

「今後もそのお心構えお忘れになりませぬよう」

強い口調で三弥が念を押した。

四

山本兵庫は、順性院を襲った黒鍬者への復讐をあきらめてはいなかった。ただ、黒鍬者が複数で辻に立つようになったため、手出しを控えていた。黒鍬者が二人であろうが、三人になろうが、山本兵庫の腕ならば、障害になり得ない。だが、一人を斬《き》っている間に、もう一人に逃げられれば、それまでであった。人相を知られれば、下手《げしゅ》人《にん》の特定は難しくない。黒鍬者の娘で綱吉の愛妾お伝の方と敵対している順性院の用人とすぐに知れる。

黒鍬者を殺害したのは山本兵庫でございますると、目付に訴えられればそれまでであった。証拠がない、誹謗《ひぼう》中傷と言い逃れても、無罪放免ではすまなかった。それほど目付は甘くない。確実に順性院付きの用人は外される。

山本兵庫は不満をうちに呑みこんで、順性院の相手をしていた。

「そろそろであろう。側にいてやってはいかぬか。宰相さま、初めての和子《わこ》さまじゃ。宰相さまも無事にお産まれになるかどうか、ご不安なはず。母がお慰めしてさしあげるべきであろう」

順性院の辛抱は尽きかけていた。

橋が落とされ、駕籠ごと濠《ほり》に落とされた順性院は死にかけた。女は水練をしない。漁師の娘ならまだしも、将軍家の側室が水に入るのは、風呂のときだけである。もちろん、泳げるはずなどなかった。もう少し山本兵庫が遅ければ、順性院は黒鍬者の思惑通り死んでいた。その恐怖がなにもない日々で薄れ始めた。

「もう少しお待ちくださいますよう」

山本兵庫は、順性院を宥《なだ》めた。

「のう、兵庫。そなたさえいてくれれば、妾《わらわ》の身は安全であろう」

「はい。わたくしが命に替えてもお方さまをお守りいたしまする」

惚《ほ》れた女の側にいたいため、閑職の用人となったのだ。山本兵庫は堂々と胸を張って宣した。

「ならばよいであろう」

順性院が膝を進めて、山本兵庫へ近づいた。

「ではございまするが……」

衣服に焚《た》きしめた香に、山本兵庫が酔った。

「妾のこの身、そなたに託してよいであろう」

「お方さま……」

見上げるような順性院の眼差《まなざ》しに、山本兵庫が迷った。

「わかりましてございまする。ただし、一日だけお待ちくださいませ」

「一日か」

順性院が訊いた。

「はい。吾《わ》が家臣を呼びまする。それだけで守りは固くなりましょう」

「任せる。妾はそなただけが頼りゆえな」

艶然《えんぜん》と順性院が微笑《ほほえ》んだ。

「お、お任せを」

山本兵庫が平伏した。

順性院付き用人は、五百石格であった。もともと山本兵庫の家禄は七百石であるため、加増されることもなく、役料もない。それでも旗本として、士分の家臣を五人抱えていた。そのうちから、山本兵庫は腕の立つ家臣を二人呼んだ。

二日後の早朝、順性院を乗せた駕籠は、桜田御用屋敷を出て、竹橋御殿へと入った。

「さすがに続けてはなかったな」

山本兵庫はほっとため息を漏らした。

「あきらめたか。いや、機を窺《うかが》っているのだろう」

山本兵庫は警戒を緩めなかった。

「静《しず》の腹がかなり下がっておる。おそらく数日以内に、和子さまお誕生となろう。妾は、このまま宰相さまのところに在する」

帰還の刻限になったところで、順性院がわがままを言い出した。

「承知いたしました」

山本兵庫はあっさりと認めた。

「毎日お迎えにあがりまする。お帰りになられるようならば、そのときにお申し付けくださいませ」

竹橋御殿へ顔を出すだけの口実を残して、山本兵庫は帰途についた。

「出てきたぞ」

桜田御用屋敷を見張っていた弥助がいち早く一行を見つけた。

「どうだ」

「駕籠のなかは空《から》だ。陸尺《ろくしゃく》の腰が高い」

問う又蔵に、弥助は答えた。陸尺とは武家における駕籠かきのことだ。

毎日大名行列の駕籠を見ているのだ。黒鍬者にとって、駕籠が空かどうかを見抜くのは容易であった。

「小頭の言うとおりになったな」

「ああ。さすがだな」

二人が顔を見合わせた。

「戻ろう」

「うむ」

急いで二人は組屋敷に戻った。

「……帰りを襲う」

弥助の報告を聞いた一郎兵衛が決断した。

「行列の人数は増えていたのだな」

「二人見たことのない侍がいた。身形はあまりよくなかったが」

確認された弥助が首肯した。

「御上へ増員を願うわけにはいかぬ。順性院さまは、剃髪《ていはつ》して世俗とのかかわりを断たれた方だからな」

大奥から出されることのない将軍生母ならまだしも、それ以外の前将軍の愛妾は、現将軍にとって、いや、幕府にとって負担でしかなかった。何一つ、役に立たないが、その身分に応じた生活を維持してやらなければならないからだ。

十分手厚くするわけなどなく、最低限の扶持米《ふちまい》、合力金、そして用をするにたりるだけの人員しか配置しない。

当然、増員など認められるはずはなかった。

「その二人は、山本兵庫が手配したと考えるべきだな」

一郎兵衛が推測した。

「となると、かなり遣うな」

又蔵が、笑いを浮かべた。

「用人一人では、容易すぎると思っていた」

「楽しむな」

厳しく一郎兵衛が注意した。

「我らの任は、脅威の排除である。我らの組ではないとはいえ、同じ黒鍬者が五名もやられたのだ。今は、こちらも緊張しているゆえ、相手も大人しくしているが、いつまでも続くものではない。一人のところへ二人出す。これが続くものか。内職をする手間を潰しているのだ。いずれ、組内から不満が溢《あふ》れ、もとのとおりになる。そこを襲われたら、今度死ぬのは、我らであるかも知れぬ。死んでからでは遅い」

「……わかっている」

表情をゆがめて又蔵が首肯した。

「よし。では、手はずを伝える。襲撃は三日後の夕刻、竹橋御殿から御用屋敷までの間でおこなう」

「なぜ今日ではない」

不満を弥助が口にした。

「いくらなんでも、今日は向こうも警戒していよう。二日なにもなければ、人はそれに慣れる。今日も同じ日が続くとな。そこを狙う。とくに御用屋敷が見えてきたところなどがよいはずだ。あと少しとほっと息を抜く。そこを一気に叩く」

「なるほど」

弥助が一郎兵衛の策に納得した。

「又蔵、おぬしに山本兵庫を預ける」

「そうこなくてはな」

又蔵が手にしていた六尺棒を振りあげた。

「弥助と拙者《せっしゃ》で増えた侍を。あとは、行列の残った連中を抑えろ。殺さずともよい」

「承知」

「任せよ」

一同が承諾した。

「では、英気を養え」

一郎兵衛が散会を命じた。

孫ができるから、息子の屋敷へ手伝いに母親が行く。どこにでもある話であった。ただ、それが前将軍の側室と将軍の弟になると、単純にいい話で終わらなかった。巻きこまれる家臣が出てくるのだ。

甲府宰相家では、藩主の母で前将軍の側室を迎え、その応接に難儀していた。担当する女中を選定し、館の奥に藩主の母にふさわしい居室を用意し、食事や入浴、着替え、娯楽をあてがわなければならない。機嫌を損ねるわけにはいかないため、その気の遣いようはすさまじいものであった。

もう一人が山本兵庫であった。

息子のところにいるからと放置できないのだ。そんなことをすれば、用人としての素質を疑われる。よくてお役ご免、下手《へた》すれば罰を受ける。減禄、改易となるかも知れない。もちろん、山本兵庫の場合、順性院の側に居たいため、閑職である用人を選んだのである。放置するなどありえず、毎日、行列を仕立てて竹橋御殿まで迎えに出た。

「本日も順性院さまは、お帰りたまわず」

夕刻、行列は三度目の空駕籠を担いで、御用屋敷へと戻る途上にあった。

「酒田氏《さけだ》」

「なんだ、蓮岡《はすおか》」

山本兵庫の家臣二人は、行列の後ろについていた。陪臣に過ぎない二人が、順性院の行列に加わるのは遠慮しなければならなかった。かといって、離れすぎては、咄嗟《とっさ》の用に間にあわない。微妙な隙間《すきま》を保ちながら、二人は歩いた。

「今日も終わったな」

「ああ。だが、この後お屋敷まで帰らねばならぬ」

酒田が面倒そうに言った。

「帰り着くころには、日が落ちておる」

「腹が空《す》きますな」

蠟燭《ろうそく》はもとより、灯油も高い。旗本の家臣では、灯《あか》りに遣う金の余裕はなかった。

「暗闇で飯を喰ってもうまくはない。いたしかたなく灯油を燃やすが……」

「油代金を殿がくださるとは思えませぬし」

蓮岡が小声で言った。

「悪いお方ではないのだが、そういうところにお気づきにならぬ」

「……でござるな」

雑談をしている二人と行列の間に影が割りこんだ。

「なんだ」

「なにっ」

さすがに山本兵庫の選んだ家臣だけのことはあった。異変に二人は直《ただ》ちに応じて、太刀を抜いた。だが、行列との間に立たれたことで、連携はできなくなった。

「誰だ」

誰何《すいか》しながら酒田が、斬りかかった。

「いきなりとはやる」

弥助が脇差《わきざし》で一撃をいなした。

「曲者《くせもの》が」

酒田の動きに触発されて、蓮岡も動いた。

「なかなかできるが……」

一郎兵衛が落ち着いて、対処した。一刀をかわしながら、すでに抜いていた脇差で反撃した。

「踏みこみがたらんわ」

「なんの」

蓮岡が一郎兵衛の攻撃を太刀で受けた。

太刀と脇差では、重さが違う。当たっただけで、脇差は弾《はじ》かれた。

「もらった」

脇差が後ろへと引かれた。一郎兵衛の前身が空《あ》いた。蓮岡が勢いこんで出ようとした。

「甘い」

引いた脇差に反動を付けて、一郎兵衛は突いた。

「あわっ」

前へ進もうとした蓮岡には、避けられなかった。脇差が蓮岡の腹を破った。

山本兵庫は、横から棒で殴りかかってきた又蔵と戦っていた。

「黒鍬者か」

浪人者のような風体ではあったが、山本兵庫がすぐに見抜いた。

「…………」

無言で又蔵が棒を振るった。

「なんの」

山本兵庫が抜き撃ちに棒を撃った。

「なにっ」

斬り割るはずだった棒が、太刀を弾いたことに山本兵庫は驚愕《きょうがく》した。

「ふふふ」

満足げに笑った又蔵が、棒で山本兵庫の腹を突いた。

「……鉄芯仕込みか」

後ろに飛んで突きをかわした山本兵庫が言った。

「ただの仕込みではないぞ」

又蔵が棒を前後にすばやく揺すった。棒の先端がはずれ、鋭い穂先が姿を現した。

「……手槍」

山本兵庫の表情がゆがんだ。

手槍は長さ一間《けん》（約一・八メートル）ほどと短い。槍の最大の利点である遠い間合いからの一方的な攻撃というものはないが、代わりに取り回しの良さで優れていた。また、短いとはいえ、太刀よりも長い間合いを持つ。懐《ふところ》に入ってしまえば、槍は敵ではないという剣術にとって、手槍は厄介な相手であった。

「ほら、ほら」

すばやく槍を突き出し、引いてまた繰り出し、又蔵が山本兵庫を翻弄《ほんろう》した。

「くっっ」

山本兵庫は槍の穂先に太刀を合わせ、その切っ先をずらすので手一杯であった。

「ぎゃっ」

不意を突かれ、押しこまれたまま取り返せなかった山本兵庫の家臣の一人が、一郎兵衛の一撃を受けて沈んだ。

「蓮岡……」

山本兵庫が叫んだ。

「ぐっ」

連携を組んでいた片割れを失えば、残りももたない。間もなく酒田も地に伏した。

「おのれ」

家臣二人をやられた山本兵庫が怒った。

「死ねっ」

突き出して来た又蔵の手槍を、身体《からだ》を開いてかわし、そのまま間合いを詰めた。

「甘い」

又蔵が手槍を手元にたぐろうとした。

「させるか」

横を過ぎていく槍の柄に山本兵庫はわざと身体をぶつけた。仕込み槍は穂先以外ただの棒である。しかも横からだと、傷どころか痛みさえまったくない。

「えっ」

外へ大きく手槍を弾かれた又蔵が、隙だらけになった。

「あわっっ」

あわてて手槍をたぐろうとしたが、間に合わなかった。

「ぬん」

山本兵庫の突きが、又蔵の喉《のど》を破った。

「押し包め」

一郎兵衛が残った三人の黒鍬者へ指示した。

「おうっ」

駆け出していった若い佐ノ介《さのすけ》が、大回りして山本兵庫の後ろへ出ようとした。

「ふん」

又蔵が握っていた手槍を奪い取って、山本兵庫が投げた。

「あええ」

胸から手槍をはやして、佐ノ介が死んだ。

「許さぬぞ、黒鍬」

山本兵庫が、残る三人へ切っ先を向けた。

「りゃああ」

左から弥助が牽制《けんせい》し、右から己吉が撃って出た。

「おうや」

己吉を無視して、山本兵庫は弥助へ向かった。

「わっ」

出るつもりのない陽動の弥助が驚いて、後ろへ逃げた。

「なにをしている」

下がりすぎては、山本兵庫を挟むことができなくなる。一郎兵衛が叱ったが、もう手遅れであった。

「……死ね」

弥助を追い払った山本兵庫が一転して、己吉へ襲いかかった。

「おわっ」

斬りかかった己吉だが、呼吸を狂わされている。急いで脇差で防いだが、あっさりと弾きとばされてしまった。

「隙有り」

己吉の体勢の乱れを山本兵庫は見のがさなかった。鋭く振られた太刀が己吉の左手を奪った。

「ええい、引け」

陣形を崩されたうえ、一人は大怪我を負ってしまっている。ここからの挽回は難しい。一郎兵衛はこれ以上の損害を避けて、背を向けた。

「逃がすか」

山本兵庫が追いすがった。

「分かれる」

一郎兵衛の命で、三人がそれぞれ違った辻へと駆けこんだ。

「ちっ」

一瞬誰を追うかで山本兵庫が迷った。そのわずか一拍で三人の姿は辻の向こうに消えた。江戸の辻を知るという点で、黒鍬者に優る者はいない。山本兵庫は追跡をあきらめるしかなかった。

「このままにはせぬ」

辻に立った山本兵庫が悔しげに吐き捨てた。

第三章　血の正統

一

桜田御用屋敷前での乱闘は、さすがに隠しきれなかった。だが、目付《めつけ》が動く騒動にはならなかった。

「無頼による襲撃を排除しただけである」

山本兵庫の言いぶんが通った。

黒鍬者《くろくわもの》がお仕着せの姿ではなく、浪人風の格好をしていたのが大きかった。もし、黒鍬者の姿で殺されていれば、山本兵庫への取り調べが苛烈《かれつ》になったはずであった。

身分低いとはいえ、黒鍬者は目付の配下である。配下を殺されて、黙っていては目付の鼎《かなえ》の軽重が問われる。

「女駕籠《おんなかご》と見て襲いかかり、金目のものを奪おうとした浪人者の所行」

浪人者は武士ではなく、庶民として扱われる。一件は町奉行所へと回された。

「身元をあきらかにせよ」

町奉行の出した命は妥当だったが、この場合はずれていた。浪人に擬態したのは黒鍬者である。どれだけ人相書きを持った奉行所の同心や手下たちが走ろうとも、見つけ出すことなどできないのだ。こうして一件は表舞台から消えた。

「なかなかやるではないか」

紀州家上屋敷で、頼宣が笑っていた。

「黒鍬など小者でしかないと思っていたが、なかなか」

頼宣が感心した。

「これで甲府家は、一枚の札を失いましたな」

紀州家家老三浦長門守が首肯《しゅこう》した。

「ああ。用人は動きが取れまい。黒鍬者を二名返り討ちにした腕は認めるにやぶさかではないが、感情に走りすぎだ。たしかに順性院を襲われた。その怒りを黒鍬者に向けたくなるのはわかる。とはいえ、こうも直截ではな。剣はたっても、権を与えるわけにはいかぬ。策には策で応じねばの」

笑いを消して頼宣が述べた。

「対して黒鍬者は、二名失うだけの価値はあったであろう。騒動の影響で、用人には目付の注意が向いた。だけではない。町奉行の目もついた。町奉行の配下たちは、浪人たちが用人と無関係であるなどと思ってはおるまい。かならず、かかわりあると見ておろう。当然、用人を見張っているはず。これで用人は、しばらくおとなしくするしかなくなった」

「これも阿部豊後守さまの……」

三浦長門守が問うた。

「他にこのような腹芸のできるものがおるか。酒井雅楽頭《さかいうたのかみ》、大久保加賀守《おおくぼかがのかみ》、稲葉美濃守《いなばみののかみ》、このあたりはまだまだ。死ぬまで、阿部豊後守や松平伊豆守の境地にはおよぶまいよ」

頼宣が酷評した。

「動かれまするか」

「いや、このまま様子を見よう。兄と弟で食いあってくれているのだ」

訊《き》いた三浦長門守へ頼宣は首を振った。

「……いや、少し手助けしてやるかの」

頼宣が小さな笑いを浮かべた。

「根来者《ねごろもの》を使う」

「よろしゅうございますので」

三浦長門守が懸念を口にした。紀州藩の隠密《おんみつ》ともいうべき根来者だったが、先だって藩主である頼宣を見限り、次代である光貞《みつさだ》について、頼宣を毒殺しようとした。幸い、賢治郎の活躍で頼宣は命を取り留め、光貞と根来組に罰を与えていた。

「根来組も馬鹿ではなかろう。これで余の言うことを聞かぬならば、根来の郷《さと》に一千の兵を送りこんで根絶やしにしてくれるわ」

口の端を頼宣がゆがめた。

「顔を出せ」

頼宣が天井板を見上げた。

「……………」

天井板がはずれ、柿渋色の覆面が顔を出した。

「なっ」

「落ち着け」

主君の安全をはかるため駆け寄ろうとした三浦長門守を頼宣が止めた。

「しかし、根来者は、あの一件で陰警固から外されたはず」

三浦長門守が頼宣を見た。

すべての根来者が叛乱《はんらん》に与《くみ》したわけではなかった。頼宣の側《そば》に残った根来者も少なかったとはいえ、いた。だが、根来組頭以下大多数が敵に回った衝撃は大きく、家老や用人たちは根来者を頼宣の陰警固から遠ざけた。

「ふん。そんな命にしたがうようでは、根来者など不要だ。降りてきて、長門守に顔を見せてやれ」

「仰《おお》せのままに」

小さな声で首肯した根来者が、天井から落ちてきた。

「江戸根来組預かり鈴《すず》木験《きあらた》」

根来者が頭巾《ずきん》を外し、若い顔を露《あら》わにした。

「覚えておいてやれ。こいつが次の根来頭だ」

頼宣が告げた。

「験、館林を脅かしてこい」

「なにをいたしましょう」

内容を鈴木験が問うた。

「桂昌院の命を狙《ねら》ってやれ。傷つけてもいいが、殺すな。手間はかけていい。その代わり、根来の証拠を残す。ただし、他の忍《しのび》の気配があれば様子を見よ」

「承知」

頭巾を戻した鈴木験が、天井へと跳びあがった。

「殿……」

天井板が閉じられるのを待っていた三浦長門守が頼宣へ尋ねた。

「どういう意味でございましょう」

「今、館林は用人を封じたと思っているはずだ。そのとき、神田館の奥に閉じこもっている桂昌院になにかあれば、どう考える」

「甲府が忍を雇い入れた」

「そうだ。館林の余裕は消し飛ぼう。順性院を襲われた甲府は、用人が暴発した。さて、館林では誰が動くかの」

頼宣が呵々《かか》大笑した。


家綱の御前から下がり、控え室である下部屋へ向かっていた賢治郎は、廊下で佇《たたず》む阿部豊後守を見つけた。

「失礼をいたしまする」

老中の前を通るにあたり、一礼した賢治郎に阿部豊後守が声をかけた。

「待て」

「なにか御用でございましょうか」

「つきあえ」

問う賢治郎に答えず、阿部豊後守が歩き始めた。

「入れ」

阿部豊後守は、己の下部屋へ賢治郎を連れこんだ。

役人たちすべてに下部屋は与えられているが、老中だけは個室であった。

「茶を飲むか」

「けっこうでございまする」

「遠慮するな。坊主」

手を叩いて阿部豊後守がお城坊主を呼び、茶の用意を命じた。

坊主が茶を点《た》てる間、二人は無言であった。

「どうぞ」

阿部豊後守に続いて賢治郎へ茶を出したお城坊主が一礼した。

「ご苦労であった。ああ、御用部屋に煙草《たばこ》入れを忘れたようだ。取ってきてくれ」

お城坊主へ、阿部豊後守が頼んだ。

「しばしお待ちを」

小走りにお城坊主が駆けていった。

「戻って来るまで、さして暇はない。賢治郎、黒鍬者が殺されたことは知っているな」

「はい」

賢治郎も阿部豊後守がお城坊主を遠ざけたのには気がついていた。

「桜田御用屋敷用人が、三日前に襲われた話は」

「いいえ」

桜田御用屋敷側ともなると、あまり町屋の者は近づかない。髪結《かみゆ》い床の噂にもなっていなかった。

「そうか。順性院さまをお迎えに出た帰りの駕籠が、桜田御用屋敷近くで、浪人者の狼藉《ろうぜき》にあい、二人を倒したが、用人山本兵庫の家臣二人が斬られた」

「順性院さまは、ご無事で」

賢治郎は訊いた。かつて賢治郎は順性院から、味方になれと誘われたことがあった。もちろん、断ったが、顔を知っている相手である。賢治郎は気になった。

「順性院さまは少し前から、甲府公の竹橋御殿に在しており、駕籠には乗っていなかった」

「それはよろしゅうございました」

賢治郎が小さく息をついた。

「おぬしも惚《ほ》れたか、順性院さまに。あの美貌だ、無理はない」

「と、とんでもないことを」

阿部豊後守の言葉に、賢治郎は慌てた。母とは言わないが、順性院は叔母に近い年齢である。なにより家光公の愛妾であったのだ。とてもそういう目で見られるわけなどなかった。

「山本兵庫は、違うようだがな」

頰《ほお》をゆがめて阿部豊後守が漏らした。

「えっ……」

「それはまあいい。賢治郎、上様よりなにか命じられておらぬか」

「今回の件については、真実だけを報告せよとだけでございまする」

賢治郎は答えた。

「真実のみをか。上様も酷なことを言われる」

少しだけ阿部豊後守が顔をしかめた。

「酷なとは」

「で、なにかわかったのか」

問いかける賢治郎を無視して、阿部豊後守が質問した。

「さほどの話は」

老中の問いかけを無視することなどできない。賢治郎は首を振った。

「紀州公とは会ったか」

「……はい」

少しだけためらったが、賢治郎は正直にうなずいた。

「いつだ」

「黒鍬者が最初に殺されてすぐでございました」

「どう言われていた」

「紀州はかかわりないと」

賢治郎は答えた。

「他にはなにか言われなかったか」

「…………」

頼宣の願いを口にすべきかどうか、賢治郎は迷った。

「申せ」

厳しく阿部豊後守が命じた。

「……二千石をくださると」

賢治郎は言えなかった。心のうちを明かしてくれた頼宣を裏切るような気がしたからだ。賢治郎は話を逸《そ》らした。

「なんだ、それは」

阿部豊後守が詳細を話せと言った。

「じつは……」

紀州屋敷であったことを賢治郎は話した。

「愚か者が……光貞は少しの辛抱もできぬのか」

吐き捨てるように阿部豊後守が罵《のの》った。

「まったく御三家の意味をどう考えているのか、紀州の者どもは」

心底阿部豊後守が嘆息した。

「賢治郎、よく頼宣公を助けてくれた」

阿部豊後守が礼を言った。

「……いえ」

「意外か。儂《わし》が頼宣公の無事を喜んだことが」

戸惑った賢治郎へ、阿部豊後守が言った。

「いささか」

賢治郎は動揺を認めた。

「であろうな」

阿部豊後守が苦笑した。

「儂は、頼宣公がこの世から去ってくださることを心から願っておる。あのお方は、徳川にとって、いや天下にとって危険である」

「………」

「申しておることが相反していると思うであろう。そうではない。儂は、紀州頼宣公が、天寿で亡くなって欲しいのだ」

「天寿……寿命でと」

「そうだ。人の寿命は、権であれ、金であれ、避けることのできないものだ。たしかに、権や金を遣えば、名医や良薬を取り寄せられる。そのお陰での延命はできよう。だが、死だけはどうやったところで、逃れられぬ」

頬をゆがめながら、阿部豊後守が続けた。

「松平伊豆守が亡くなったのも寿命だ」

寛文二年（一六六二）三月十六日、家光、家綱と二代にわたって老中首座を務めた松平伊豆守信綱が死亡した。享年六十七歳、死ぬまで幕府を支え続けた忠臣は、寵愛を受けた主君のもとへ、十一年遅れで向かった。

「はい」

「あいつは満足して死んだ。ただ家綱さまの御子を見られなかったことだけが、心のこりだと言ってな」

「…………」

賢治郎は松平伊豆守からいろいろと教えられた。冷酷な施政者であり、忠臣であった松平伊豆守は、賢治郎の甘さを幾度となく指摘してくれた。賢治郎に寵臣《ちょうしん》というものの心構えを教えてくれた恩人であった。

「人が死ぬ。これは、天の理だ。問題は、なにを残すかなのだ」

「残す……」

賢治郎は意味をつかみかけた。

「財産を残すのも一つだが、そのような俗な話ではない。どのような想いを生きている者に残すか、それが問題なのだ」

「想いでございますか」

阿部豊後守の言葉を、賢治郎は反芻《はんすう》した。

「長四郎が残したものは、次代への望みであった」

松平伊豆守の幼名を口にして、阿部豊後守が目を閉じた。

「では、もし、今頼宣公が不測の死を迎えたとしよう。本人はなにも言い残すことはできないだけに、残された者たち、頼宣公に心酔している連中が、その想いを類推する。類推が邪推にならぬ保証はない。それこそ、江戸城へ兵を向け、執政、上様を皆殺しにと受け取るかも知れぬ。頼宣公の願いは天下であるからな。とくに、頼宣公が光貞によって毒を盛られたとわかれば、歯止めはなくなる」

「なぜでございましょう」

賢治郎は問うた。

「光貞の裏を勘ぐるからだ。御三家の当主を殺して、無事に家督が認められる。となれば……」

「裏に御上がいると」

答えを言えと促した阿部豊後守に、賢治郎は驚愕《きょうがく》した。

「うむ。そうなれば、頼宣を信奉していた者たちは、止まらぬぞ」

「なんと」

賢治郎は絶句した。

「想いを残すなら、形にせねばならぬ。でなくば、他人のなかでどう変わるか、変わってどう動くか、勘違いは止められぬ。ゆえに、頼宣公に遺言を残すだけの暇が要《い》る」

阿部豊後守が述べた。

「もし、遺言で頼宣公が、家綱さまを討ち、将軍位を吾《わ》が墓前に備えよと残されたら……」

「ないな」

あっさりと阿部豊後守が賢治郎の危惧《きぐ》を否定した。

「頼宣公の想いは、悔しさだ。己が選ばれず、秀忠公に天下が譲られた。つまり、己は秀忠公より劣ると神君家康さまに見られていた。それへの無念だ」

「…………」

賢治郎は驚愕の余り、言葉を失った。阿部豊後守は、的確に頼宣の想いを理解していた。

「つまり、個の想いなのだ。将軍を吾が子に継がせたい。代々の将軍を吾が子孫で独占したい。そういって続けていかねばならない想いではない。天下を吾が手に。この頼宣公の望みは、己の寿命が尽きるまで限定なのだ」

「なぜ、そこまで頼宣公の想いがおわかりに」

すなおに賢治郎は疑問を口にした。

「…………」

一瞬、阿部豊後守が怪訝《けげん》な顔をした。

「簡単だ。いまだに藩主の座を譲られておらぬからな。慶安《けいあん》の役で謀叛《むほん》を疑われたときも、隠居するとは言わなかった。なぜだ。隠居してしまえば、将軍になれぬからな」

阿部豊後守が告げた。

将軍は天下の武家を統《す》べる。当然、気力体力ともに充実していなければならない。そうでなくば、人を惹《ひ》きつけられなかった。あまり身体の丈夫でない家綱が将軍になれたのは、体力に優る血筋の正統さという条件があったからだ。家綱は将軍を継いで当たり前で、誰も異論を挟む余地がなかった。対して、頼宣の場合は、家綱の跡継ぎがなかったとしても、甲府綱重、館林綱吉、御三家尾張《おわり》家などを抑えなければならない。熾烈《しれつ》な争いとなったとき、隠居という世捨て人では、戦いの場に出ることさえできないのだ。

「隠居しないのはなぜか。謀叛はたとえ家康公の息子といえども、許されない罪である。家を無事に次代へ譲りたいのなら、頼宣公は隠居すべきであった。事実、儂も長四郎も、頼宣公へ隠居を勧めた。いや、強要した。だが、頼宣公は頑として応じなかった。その代わりが、十年をこえる江戸禁足よ。藩主が国元を留守にする。これは、藩政の箍《たが》を緩め、乱れのもととなる。我ら執政衆に睨《にら》まれているときに、国元で一揆でも起こされてみろ。それこそ、家を潰《つぶ》されるぞ。その怖《おそ》れがあるにもかかわらず、頼宣公は隠居を拒んだ。となれば、その奥にあるものは何かと考えるのは当たり前だ」

阿部豊後守が語った。

「なるほど」

賢治郎は感嘆した。

「知っていたな」

厳しい目つきで、阿部豊後守が賢治郎を睨みつけた。

「…………」

賢治郎は応答できなかった。

「考えつくほど、そなたは賢くはない。となれば、頼宣公から聞いたな」

しっかり阿部豊後守に見抜かれた賢治郎はうつむくしかなかった。

「他人の心のうちを勝手に喋《しゃべ》るのはよくない。そなたのしたことは、正しい。ただし、これは世間での話である。政《まつりごと》では、悪でしかない。政は戦いぞ。少しでも己の立場を強くするものがあれば、なんでも利用せねばならぬ。たとえ、それが親の死体でもだ」

「そんな……」

阿部豊後守へ、賢治郎が反発した。

「酷《ひど》いと罵るか。人でなしと言うか。だが、戦いで遠慮をして負ければ、何百の命が失われ、それに倍する怪我人が出る。どころか、負けたために奪われた土地に住む領民たちに至っては、どのような目に遭わされても、助けることさえできなくなる。そなたは、その被害を受けた人たちに、相手の心を傷つけたくなかったので、打てる手を打ちませんでしたと言えるか」

「それとこれとは違いましょう」

「いいや、違わぬ」

抵抗する賢治郎を阿部豊後守が一言で切って捨てた。

「戦《いくさ》も政も、結果なのだ。勝たねば意味がない」

「どのような勝ちかたでもよいと」

「そうだ」

阿部豊後守が強くうなずいた。

「わかっておらぬようだが……勝たねば、非難されるのは上様ぞ」

「えっ」

家綱の名前が出たことに、賢治郎は唖然《あぜん》とした。

「当たり前であろう。どのような令もすべて上様のお名前で発布されるのだ。失策の責任は老中が取ったとしても、世間にはわからぬのだ」

「……………」

賢治郎は黙るしかなかった。

「そなたの覚悟はどうなった。そなたは、上様の盾となるのであろう。上様にお辛《つら》い思いをさせるのがそなたの忠義か」

「違いまする」

「ならば、すべてを背負え。上様に汚名の泥一つ届かぬよう、そなたが防げ」

強く阿部豊後守が命じた。

「深室」

不意に阿部豊後守が口調を和らげた。

「なんでございましょう」

急に変わった阿部豊後守へ、賢治郎は首をかしげた。

「儂はあと何年、上様のお側におられるかの」

「…………」

賢治郎は返答に困った。

「堀田加賀守正盛は、家光さまにくっついて逝《ゆ》きおった。生き恥をさらした仲間の長四郎も、あの世へ逃げた。残ったのは儂だけだ。そして、儂ももう長くはない」

「そのようなことを……」

「慰めなど要らぬ。人は老いて死ぬのが摂理である。それにかんしては、何一つ恨むこともない。だが、儂には心残りがある」

先ほどとは違った慈愛の籠《こ》もった目で、阿部豊後守が賢治郎を見つめた。

「上様をお支えできるだけの執政を作れなかったことだ」

小さく阿部豊後守が嘆息した。

「酒井雅楽頭さま以下、ご老中衆がおられましょう」

「ふん。あやつなど、真の役には立たぬわ」

阿部豊後守が苦く顔をゆがめた。

「もちろん、あやつらを躾《しつ》ける。だが、儂の寿命が来るまででは、無理だろう」

力なく阿部豊後守が首を振った。

「皆、儂や長四郎と違って、名門ばかりだからな。生まれたときから、執政となることを決められた連中、それを当たり前として受け止めているようでは、使いものにならぬ」

阿部豊後守が続けた。

「長四郎は五百石、堀田加賀守は一千石、儂は少し多く六千石だったが、万石ではなかった。それでも恵まれているが、酒井雅楽頭の十万石、稲葉美濃守正則《まさのり》の八万五千石に比べれば、十分の一もない。誇るわけではないが、我々は努力してなりあがったのだ。もちろん、家光さまのご寵愛があってのこととはいえな」

「酒井さま以下、今のご執政衆は苦労知らずだと」

「そうだ。明日の米の心配などしたこともなかろう。儂もないがな」

自嘲《じちょう》しながら阿部豊後守が言った。

「当たり前のように執政となった。こういう輩《やから》は、先祖の功績で己がそこにいると考えない。己が選ばれた人物だと勘違いする。老中だ、若年寄だと胸を張ったところで、それが上様から与えられたものでさえなく、ただの借りものに過ぎないことに気づかない。そのていどの連中しか、もういないのだ」

「豊後守さま……」

「悪いのは儂らだ。政が忙しいと、後進の育成を怠った。これは、儂と長四郎の罪だ。だからこそ、儂や長四郎は、そなたに期待しているのよ。己ではなく、上様を第一に考えられる、深室をな」

阿部豊後守が述べた。

「畏《おそ》れ多い」

賢治郎が萎縮《いしゅく》した。

「失礼をいたしまする」

廊下から声がした。

「話はここまでだな。もう一つ、上様から命じられたことも聞きたかったが」

「…………」

賢治郎が絶句した。順性院が襲われた理由を探れという家綱の命は誰にも知られていないはずであった。

「最初に今回の件については、そなた申したであろう。今回の件……当然、それ以外もあるということだな」

「畏れ入りました」

「そこまでだ」

頭を下げた賢治郎へ、さっと阿部豊後守が目配せをした。

「開けてよいぞ」

「ご免くださいませ。豊後守さま、この煙草入れでよろしかったのでございましょうか」

お城坊主が差し出した。

「おお、それじゃ。すまぬな。歳《とし》を取ると、我慢がきかぬでな」

うれしそうに阿部豊後守が受け取った。

「ご坊主どの、茶を頼む」

「ただちに」

阿部豊後守の求めに応じて、お城坊主が部屋の隅に切られた炉で茶を点て始めた。

「深室、そなた婚姻はどうなっている」

「そろそろいたさねばとは考えておりまするが」

話を変えた阿部豊後守に、賢治郎は合わせた。

「婚姻ともなれば、四日ほど休まねばならぬの」

「はい」

賢治郎は首肯した。

武家の婚姻はおおむね三日かかった。嫁となる女が婚家へ向かう嫁入りの儀と婚礼、そして披露の宴《うたげ》で一日、続いて翌日、嫁の実家で披露の宴を催し、三日目にようやく二人だけとなり、固めの盃《さかずき》を交わし、初夜となる。

「上様の御用をないがしろにはできぬな」

「……わたくしの場合、婿《むこ》入りでございますれば、二日目が不要となりまする」

実家を放逐された賢治郎の婚礼に、兄松平主馬が顔を出すはずはなかった。もちろん、実家での宴などありえない。

「肚《はら》の小さい奴だの」

阿部豊後守が、松平主馬のことを評した。

「深室の実家、松平家には近しい親類はおらぬのか」

「いえ、松平家が本家となりますゆえ、さほど大身というわけではございませぬが、千石以上が数家ございまする」

賢治郎は質問の意図を理解していた。

「そうか。分家筋から本家を継ぐ者が出ても、おかしくはないな」

「…………」

茶を点てる振りをしながら、お城坊主が聞き耳を立てているのを、賢治郎は気配で感じていた。

「どうだ、そなたが継いでは」

賢治郎を阿部豊後守が指さした。

「無茶を仰せになられませぬよう。わたくしは深室の婿でございまする」

「深室の婿を止《や》めて、松平を継げ。三千石か。そこに先ほどの二千石を足せば、五千石。それだけあれば、側用人《そばようにん》に補してもおかしくはないな。側用人を二年ほどさせて、そのあと若年寄に進めれば、五年で老中だな」

阿部豊後守が一人納得した。

「豊後守さま。ご冗談が過ぎまする」

賢治郎が諫《いさ》めた。

「冗談ではないぞ」

「わたくしは、生涯上様の身の廻《まわ》りのお世話をすると決めております る」

誓いを破るわけにはいかないと、賢治郎は首を振った。

「小納戸《こなんど》でなければ、上様の身の廻りのお世話ができぬとでも言うか」

ふたたび阿部豊後守が厳しい顔になった。

「側用人は、重要なお役目である。上様のお側にあって、その御用を承るだけでなく、目通りを願う者たちの用件を訊き、あらかじめご下問に備えるなど、御執務を滞りなく進める役も果たす。これが、どれだけ上様のご負担を軽減するか」

「…………」

家綱のためになると言われた賢治郎が揺らいだ。

「考えておけ。お坊主、茶はまだか」

手の止まっているお城坊主へ、阿部豊後守が声をかけた。

「は、はい」

あわててお城坊主が、茶を供した。

「茶を飲んだら帰れ」

阿部豊後守が賢治郎へ告げた。

二

下部屋を後にした賢治郎は、難しい顔をしていた。

「なにを考えておられるのか。吾《われ》に松平家を継げなどと」

賢治郎は、阿部豊後守がお城坊主にわざと話を聞かせたと気づいていた。お城坊主は城中の噂を売ることで小遣い銭稼ぎをしている。阿部豊後守と賢治郎が下部屋で会い、寄合旗本松平家の家督について話し合っていたと、今夜中には松平主馬のもとに届く。

「兄のことだ、またぞろ動き出すはず」

賢治郎はげんなりしていた。

「義父上《ちちうえ》も大人しくはしてくれまい」

阿部豊後守は、賢治郎が紀州家から与えられる加増を、松平家の家禄に合わせると言った。耳にした作右衛門が、どうするかなど、賢治郎でなくともわかった。

「どういう意図があるのだ」

賢治郎に諭すようなことを言った直後から、面倒を投げてくる。

「まさか本気で、松平家の家督を継がせるつもりではなかろうな」

あり得ない話ではなかった。

三千石寄合旗本は、徳川の家臣のなかでも名門である。旗本だけに限定すれば、ほぼ最高の位置にあるといってもいい。

松平主馬は賢治郎のことで家綱から睨まれているため、現在は無役である。が、寄合旗本は通常家督を継いですぐに役目を与えられ、大番組頭や書院番頭などを歴任した後、勘定奉行や町奉行、側役から、側用人へと出世していく。それに連れて家禄も増え、側用人となるころなどは、一万石の大名となるのが普通であった。

「たしかに上様のご治世をお支えするには、そうあるべきだ」

賢治郎もわかっていた。

「だが、上様との距離は離れる」

たとえ松平家を継いだとしても、いきなり側役とか、側用人は無理であった。

泰平に慣れ、軍事を中心としていた幕府も、慣例を主とする官僚型へと変化していた。これは、決まった形を作り、その通りにすることで、失敗を少なくしようとしたからであった。

慣例を踏む。これは失敗が少なくなる代わりに、咄嗟《とっさ》の対応ができにくくなる。また、慣例を重視するため、突出する者を嫌う。もちろん、幕府は将軍のものである。家綱が望めば、今すぐ賢治郎を側用人にできる。だが、それは周囲との軋轢《あつれき》を生み、結局ものごとがうまく回らなくなる。

寵愛は嫉妬を伴う。寵愛が深ければ深いほど、嫉妬もむごくなる。そして、むごくなるほど嫉妬は目につかないよう、潜るのだ。

寵愛がさほどでなければ、面と向かって非難できる。寵愛が浅ければ、多少のことがあっても、主君から咎《とが》めを受けないからである。

次が、陰口をたたく。寵臣を貶《おとし》める行為である。いつ主君の怒りを買うかわからないから、叱られないようにするのだ。

それをこえたら、表向きは親しくしておきながら、裏で敵になる。従う振りをして、なにもしない。あるいは、政敵へ情報を流すなど、あらゆる手で足を引っ張ってくる。

これが、今の幕府であった。

賢治郎のような、小役人に過ぎない小納戸月代御髪係《さかやきおぐし》でさえ、いろいろ言われたり、無視されたりしている。側用人など、政にかかわる重要な役目だと、被害は賢治郎一人ではすまなくなる。

「上様をお助けするために、お側を離れなければならない」

賢治郎は悩んだ。

「…………」

難しい顔のまま、賢治郎は下城した。

賢治郎の危惧はしっかりあたった。

阿部豊後守と賢治郎の話を聞いていたお城坊主が、まず留守居番深室作右衛門のもとへ行き、下城後松平主馬の屋敷へ赴いた。

「合わせて十両か、どちらもしぶいの」

小判をもてあそびながら、お城坊主が松平主馬の屋敷を後にした。

「賢治郎め、阿部豊後守へ取り入りおって」

お城坊主から報《しら》された松平主馬が震えていた。

「この儂を追い出し、松平家を乗っ取るなど、身分卑しい妾の子の分際で」

松平主馬が憤慨した。

「このままではすまさぬぞ。しばらく大人しくしているようにと、堀田備中守さまより言われているとはいえ、捨て置けぬ。おい、駕籠を用意いたせ。備中守さまのお屋敷へ参る」

大声で松平主馬が命じた。

すでに日は落ちていたが、木戸は開いていた。これは、権門へ媚《こ》びを売りに行く者たちへの便宜であった。いろいろな人物が、老中の屋敷へ伺候して、願いをするのだ。木戸を厳密に運用して、通行を阻害した相手が、御三家や有力な譜代大名でないとはかぎらないのだ。木戸番としては、見て見ぬ振りをするのが、正しい対応であった。

「どうなされた」

松平主馬の訪れを、堀田備中守がにこやかに迎えた。

「おお、弟どのの祝言のことなら、ご懸念には及びませぬぞ」

「な、なんのことでございましょう」

堀田備中守の言葉に、松平主馬が驚いた。

「わたくしめが、仲人をさせていただくのでござるが……ご存じなかったか」

「誠でございまするか」

松平主馬が目を剝《む》いた。

「深室どのから正式にお話をいただいてな。上様のお覚えめでたいご養子どのの仲人を務められるのは光栄なこと。すぐにお引き受けいたしたのだが」

「聞いておりませぬ。備中守さまにそのようなお願いをするとは、身のほどを知らぬにもほどがございまする。賢治郎め、思いあがりおって」

「賢治郎どのではござらぬぞ、話を持ちこまれたのは」

真っ赤になって怒る松平主馬へ、堀田備中守が告げた。

「では、誰が」

「正式なお話と申しあげたであろう。ご当主の留守居番深室作右衛門どのからじゃ」

「くっ、作右衛門……」

松平主馬がうめいた。

「お話はまだであったか。まあ、婿入りでござれば、委細を決めるのは深室家のご当主の仕事。手配を終えられれば、主馬どのにもお報せが参りましょう」

堀田備中守が松平主馬を宥《なだ》めた。

「婚礼のお話ではないとすれば、今宵《こよい》はどのようなご用件でござるかの」

首をかしげながら、堀田備中守が問うた。

「備中守さま。本日、殿中にて阿部豊後守さまと、深室賢治郎が密談いたしていたことをご存じか」

「二人きりで下部屋に籠もったとは聞きましたが、話の内容まではまだ」

堀田備中守が首を振った。

「松平家の家督を賢治郎に継がせ、二千石を加増して側用人とすると」

「ほう……」

少しだけ堀田備中守の目が細くなった。

「二千石の加増でございますか」

「加増のことよりも、家督でございまする。松平家の当主は、このわたくしでござる。わたくしを押しのけて家督を継ぐなど、許されてよい話ではありませぬ」

松平主馬が、焦点をずらさないでくれと言った。

「家督については、上様のご決断しだいでございましょう。大名、旗本の家督は、上様のご許可をもってなされるもの。それに反することはできませぬ」

「当主はわたくしでございまする」

冷静な堀田備中守に、松平主馬が興奮した。

「まちがえてはいけませぬぞ、主馬どのよ。我らが食《は》んでおる禄は、すべて上様より頂戴《ちょうだい》したもの。上様から松平家の先祖へ、手柄に応じて与えられたもの。わたくしめもそうでございますが、禄は個人に下しおかれたものではなく、家につけられたもの。松平家の血を引く者であれば、誰でもよいのでございまする。いや、血を引いていなくとも、上様が家を継がせるにふさわしいとお考えになれば、誰が当主となってもおかしくはない」

「そんな……」

松平主馬が絶句した。

「だが、そのようなことが起こっては、ご当代の上様への忠誠心が揺らぐ」

堀田備中守が真剣な表情になった。

「忠誠を尽くしても、いつ上様のお気に入りの者に、その座を奪われるかわからないとなれば、やる気を削《そ》がれることになる。これは、よろしくない。役人たちにその気分が拡がれば、幕政が滞る」

「さ、さようでございまする」

大きく松平主馬が首を縦に振った。

「賢治郎どのを嚆矢《こうし》とせぬようにいたさねばなりますまい」

「では」

「どうせよとは、わたくしは申しませぬ。ただ、お願いしていた自重は、取り下げましょう。後始末では、わたくしもお手伝いできるやも知れませぬ」

「それでけっこうでござる。では」

松平主馬が喜んで帰っていった。

「相も変わらず、弟憎しで目が曇っておるな。たった二人の兄弟で、弟が上様の側に居る。ならば、それを利用して吾が出世を願うべきである。弟を排したいがために、己の機を失っていると気づかぬとは愚かな。いや、人とはああいうものかも知れぬ。憎めば周りが見えなくなる。兄がそうであったな。殉死しなかった松平伊豆守や阿部豊後守が、執政として腕を振るっているのに対し、誠の忠義を捧げ、殉死した父堀田加賀守正盛の跡継ぎは、所領を兄弟に分かつという名目で割られ、無役のまま。それを生き恥をさらした松平伊豆守たちの策謀と信じて、幕政批判の上申書という名の誹《ひ》謗《ぼう》中傷を提出したうえ、無断で帰国するという愚行をさらし、取り潰しの目にあった。少し考えればわかることだ。殉死者の家は大切にされる。それは、家であって、個人ではない。兄はそこに至らなかった。己が無能という事実から目をそらした。結果が堀田家の衰退だ」

堀田備中守が頬をゆがめた。

「すんだことは、どうしようもない。残された者は、後ろでなく、前を見るしかないのだ」

大きく深呼吸して堀田備中守が落ち着こうとした。

「お帰りになられました」

用人が報告に来た。

「ご機嫌で駕籠に乗られました」

「そうか」

堀田備中守が笑った。

「聞いていたか」

「二千石の加増のお話でございましょうか」

すぐに用人が応答した。

応接をおこなう有力者では、どことも隣室に武者溜《だ》まりを作り、来客が主君に襲いかかったときに、すぐに助けに入れるよう万一に備えていた。

堀田家では、あとで説明する手間を省くため、応接の間の武者溜まりに用人を配し、話を聞かせていた。

「阿部豊後守が口にしたという。となれば、ただの噂とは思えぬ」

「はい。しかし、あの小納戸に二千石という加増を与えるほどの功績があったとは聞きませぬ」

用人が首をかしげた。

「偽りだと……」

「はい。もし、真実であったならば、公表されるまで、執政が漏らすとは思えませぬ」

「ああ。余もそう思う。あの阿部豊後守が、口さがのないお城坊主のいるところで話をするはずはない」

堀田備中守も用人の言葉にうなずいた。

「では、わざとお城坊主に聞かせた」

「うむ」

「なんのためでございましょう」

用人が質問した。

「後始末に入ったのであろう。阿部豊後守は。同僚で頼りになった松平伊豆守もこの世を去った。家光さまの寵臣で生き残ったのは、阿部豊後守だけになった。身を退《ひ》く時期だと感じたのだろう。家光さまの御世の残照を終え、家綱さまの時代が始まるときだとな。そのために、家綱さまの御世に少しでも陰を落としそうなものを排除しようと。松平主馬がいい例だな。家綱さま最大の寵臣の敵だからな」

堀田備中守が推測した。

「なるほど」

用人が納得した。

「阿部豊後守が去るとき、家綱さまの御世が真の意味で始まる」

「では……」

「ああ。いよいよ、余も表に出るときが来た。家光さまの残照濃いときでは、余は殉死した父の影に過ぎぬ。それでは、父をこえられぬ。影は本体から離れられぬからな。影でなくなるのは、余の力で、世に出、累進していかねばならぬ。誰もが、備中守ならば老中にふさわしいと認めるようにな。決して、堀田加賀守の息子ならば、大丈夫であろうでは、いかぬのだ。それでは、老中になれても、幕政の頂点に立つことはできぬ」

強く堀田備中守が述べた。

「そのためには、どのようなことでもせねばならぬ。そして、些細《ささい》なことでも見落としてはならぬ」

堀田備中守が用人を見た。

「二千石の意味、探れ」

「お任せを」

命を用人が受けた。


堀田備中守から許可が出た松平主馬は、屋敷に帰るなり、用人を呼びつけた。

「無頼を用意いたせ」

「殿。松平家が、そのような輩とかかわりを持つのはいかが……」

用人が諫言《かんげん》しようとした。

「きさまも、賢治郎が当家の主にふさわしいと思っているのか」

松平主馬が怒声をあげた。

「そのようなことは……」

あわてて用人が否定した。

「うるさい、黙れ。賢治郎に懐柔されおって」

松平主馬が、用人を折檻《せっかん》した。

「お許しを、殿」

蹴られながら、用人が詫《わ》びた。武家では主君が絶対である。たとえ理不尽な暴力であっても、家臣は主君に手を出すわけにはいかなかった。それは謀叛と同義であり、どのような理由があろうとも、表沙汰《おもてざた》になれば、罪を免れない。用人は、ひたすら耐えた。

「騒がしい、なにごとですか」

奥から切り髪姿の女が出てきた。

「母上、お口出しは無用に願いまする」

「主馬どの。その者がなにをいたしたかは知りませぬが、この母の顔を立てて、許してやってたもれ」

切り髪の女は、松平主馬の母で景子《けいこ》であった。景子は先代松平多門の妻であったが、夫の死後剃髪《ていはつ》し、景瑞院《けいずいいん》と名乗っていた。

「お詫びして、下がりなさい」

手を振って景瑞院が用人へ命じた。

「ありがとうございまする。申しわけございませぬ。では、ごめんを」

慌てて礼と詫びを口にした用人が逃げていった。

「どうなされたのでございまするか」

景瑞院が訊いた。

「母上……」

「落ち着きなされませ」

まだおさまっていない松平主馬の肩に、景瑞院が触れた。

「…………」

松平主馬が口を閉じた。

「なにがあったのです」

やさしく景瑞院が尋ねた。

「賢治郎が……」

「そのような話が……」

景瑞院が困惑した。

「このようなこと、許されませぬ」

ふたたび松平主馬が憤った。

「主馬どの。賢治郎どのとお話はなさいましたか」

「あやつと会うなど……」

母の問いに、松平主馬が否定した。

「いけませぬ。それでは、真実がわかりますまい」

諭すように景瑞院が言った。

「もし、そうなれば、賢治郎どのにも話はいっているはず。なにより、今の賢治郎どのは、深室家の跡継ぎ。もし、賢治郎どのが松平に戻るとなれば、深室さまは跡継ぎを失いましょう。上様のご諚《じょう》だとしても、家の存続がかかっているとなれば、前もっていろいろな手続きが要りましょう」

「……たしかに」

景瑞院の話に松平主馬が落ち着いた。

「落ち着かねばいけませんでした」

「よろしゅうございました」

ほっと景瑞院が息をついた。

「では、いろいろと手配いたさねばなりませぬ。これにて。どうぞ、奥へお帰りを」

景瑞院を松平主馬が戻した。

「誰ぞ」

松平主馬が手を叩いた。

「お、お呼びで」

怯《おび》えながら、先ほどの用人が顔を出した。

「明日、深室作右衛門どのに来てくれるようにと使いを出せ」

「は、はい」

「あと、先ほど命じた用意をいたせ」

「わかりましてございまする」

用人が平伏した。

三

山本兵庫は、桜田御用屋敷で煩悶《はんもん》していた。黒鍬者への復讐の手立てがなかった。

「もう辻《つじ》での抹殺はできぬ」

対応されてしまえば、刺客は弱い。襲ってくるとわかって準備されたうえで、成果を求めるならば、相手以上の戦力が要った。

「家臣も使えぬ」

少ない家臣のなかで、手練《てだ》れと言われた二人を失った。急に、それ以上の腕を持つ者を複数抱えるのは無理であった。

「順性院さまの警固に加わるのだ。どこの誰かもわからぬ者など論外である」

江戸中に浪人は溢《あふ》れている。家臣を求めると言えば、それこそ山本家の門前は市をなすだろう。だが、そのなかに黒鍬者が紛れこんでいないという保証はなかった。

「金で雇うのもだめだ」

浪人や無頼のなかには、金で人殺しを請け負う者もいるが、信用などできなかった。

金のために、他人の命を奪うような連中である。金で敵方へ寝返るなど日常茶飯事であった。

「といって、吾一人では、黒鍬者に鉄槌《てっつい》を下せぬ。一対一では負けぬ。いや一対五でも勝って見せる。しかし、それ以上の数で来られれば、終わりだ」

衆寡敵せずは真理であった。

「お方さまをこの手に抱くまでは死ねぬ」

執念を山本兵庫は持っていた。

「主君が愛妾を家臣へ下された例は多い」

山本兵庫の望みはそこにあった。

さすがに正室を下げ渡すことはないが、主君が側室を寵臣の妻として押しつけるのは、そう珍しいものではなかった。

拝領妻といい、主君の寵愛を失った側室のいく末としては、まだましなほうであった。

「お美しい順性院さまを、このような御用屋敷に閉じこめ、生ける屍《しかばね》として日々を過ごさせるなど……順性院さまをこの地獄からお救いするのは、吾」

目をつりあげて山本兵庫が呟《つぶや》いた。

「それには、まず、御身をお守りせねばならぬ」

山本兵庫が立ちあがった。

「伊賀者はおるか」

桜田御用屋敷の玄関式台に移動した山本兵庫が、呼んだ。

「なにか御用で」

玄関の右手から、ねずみ色の羽織を身につけた伊賀者が現れた。

「明屋敷伊賀者か、そなた」

「さよう」

伊賀者が首肯した。

桜田御用屋敷に配置されている伊賀者には、二種あった。一つは明屋敷伊賀者である。

もともと伊賀者は一つであった。それが、待遇改善を求めて蜂起した長善寺騒動を経て、四つに分割された。小普請《こぶしん》伊賀者、山里伊賀者、明屋敷伊賀者、そして御広敷《おひろしき》伊賀者である。それぞれ役目が違い、小普請伊賀者は江戸城の修理を手伝い、山里伊賀者は江戸城の退《の》き口を管理し、明屋敷伊賀者は、御用屋敷と明屋敷の見回りを担当、御広敷伊賀者が、大奥の警固を担っていた。

順性院が来たことで、明屋敷伊賀者だけであった桜田御用屋敷に、御広敷伊賀者が派遣されていたが、その役目は違った。

明屋敷伊賀者の職務は、桜田御用屋敷の留守番であり、盗難や火災に備えるだけで、順性院については、基本かかわらなかった。

対して御広敷伊賀者は、大奥から順性院の警固のために派遣されたもので、桜田御用屋敷のことには一切携わらなかった。

順性院付きの用人である山本兵庫は、御広敷伊賀者の上司になるが、明屋敷伊賀者への指示はできなかった。

「なにか」

「うむ」

一瞬山本兵庫はためらった。

「用がなければ、失礼する」

頭も下げず、明屋敷伊賀者が背を向けた。

「待て」

「……………」

明屋敷伊賀者が、振り返った。

「金と待遇、どちらがよい」

「……金」

問われた明屋敷伊賀者が答えた。

「ここでは話ができん。つきあえ」

山本兵庫が、明屋敷伊賀者を御用屋敷の外へと連れ出した。

「酒は飲めるか」

「うむ」

明屋敷伊賀者がうなずいた。

「ここがよかろう」

桜田御用屋敷から、少し離れた濠端《ほりばた》に出ている煮売り屋の屋台へ、山本兵庫は入った。

「他の客を入れるな。酒の用意をすませたら、おまえも少し店を離れろ」

山本兵庫は懐《ふところ》から小判を出し、屋台の親父《おやじ》に渡した。

「へ、へい」

一両は、屋台中の煮物と酒を全部集めたよりも、倍近い金額になる。喜んで親父はうなずいた。

「手酌で飲め。男に注《つ》がれてもうれしくなかろう。吾も男に酒を注ぎたくはない」

「ああ」

言われた明屋敷伊賀者がさっさと片口から盃へと酒を移した。

「名前を訊いていなかったな。拙者《せっしゃ》は山本兵庫だ」

「山吹佐武郎《やまぶきさぶろう》」

無愛想に山吹が名前だけを告げた。

「食いものは適当にしてくれ。屋台を買い切った。どれでも好きにしてくれ」

「ありがたい」

初めて山吹の表情が緩んだ。

「まずは腹ごしらえだ」

二人は十分に飲み食いをした。

「さて、話をしようか」

残った酒で、口のなかを流した山本兵庫が山吹を見た。

「…………」

無言で山吹が応じた。

「先日の一件は知っているな」

「知っている。黒鍬者であろう」

「ほう」

山本兵庫が感嘆した。

「しばらく前から御用屋敷を見張っていたからな」

「なにっ。どうして報告しなかった」

「我らのお支配は、老中さまだ。おぬしに話す義務はない」

憤った山本兵庫へ、山吹は淡々と告げた。

「……ううむ」

山本兵庫はうなるしかなかった。

「まあいい」

息をついて、山本兵庫が気分を変えた。

「用件は、黒鍬者退治か」

山吹が先に回った。

「……そうだ」

少し間を空《あ》けて、山本兵庫が認めた。

「我ら、いや、順性院さまに与せぬか。綱重さまが五代さまとなられたあかつきには、相応の褒賞を約束するぞ」

「ご免こうむろう」

勧誘をあっさりと山吹が断った。

「旗本になれるのだぞ」

「空手形《から》に命をかける気はない。甲府さまが五代将軍となられなかったとき、我らは働き損になる。伊賀は、戦国の昔から、先の餌《えさ》では動かぬのが決まり」

山吹が首を振った。

「…………」

山本兵庫が鼻白んだ。

「空手形より、現物」

「金だな。いくら欲しい」

声を低くして、山本兵庫が問うた。

「百両」

「高い」

一言で山本兵庫は拒んだ。

「どのていど役に立つかもわからぬのに、それほど払えるか」

「いくら出す」

「出来高払いでどうだ。黒鍬者一人につき、三両」

「安すぎるな。五両は欲しい」

山吹が交渉した。

「五両か……」

山本兵庫がためらった。

六百石取りの年収は、四公六民でいけば二百四十石である。これは玄米であり、白米にすると一割目減りするため、実収は二百十六石、金になおして二百十両ほどになる。ここから、家臣の扶持《ふち》を払い、旗本としての体面を保ちながら生活をしなければならないのだ。決して裕福とはいえなかった。

「……では、どうだ。金は三両でいい。その代わり、甲府公が将軍家を継がれたら、禄高を五十石にあげてもらおう」

「いいのか」

「儂はもう三十をこえたからな。今さらどうということもないが、若い者には夢も要るだろう」

山吹がなんともいえない顔をした。

「では、どうするかだが」

「ああ、勝手にする。そちらはそちらで好きにしてくれ」

連携はしないと山吹が首を振った。

「伊賀は一人働きになれている。なまじ侍と組むと調子が狂う」

「足手まといだと……」

さっと山本兵庫が怒りを浮かべた。

「そこまでは言わぬ。かなり遣われるだろうことは見ただけでわかる。だが、忍の戦いは闇だ。武家にはできぬ。卑怯未練は嫌いだろう」

山吹が問うように言った。

「わかった」

山本兵庫が納得した。

「竹の皮はないか」

立ちあがった山吹が、屋台のなかを漁《あさ》った。

「あった。残りをもらって帰っていいか」

山吹が竹の皮を手に訊いた。

「好きにしろ」

「女、子供が喜ぶ」

微笑《ほほえ》みながら、山吹が残った煮物の汁を切り、竹の皮で包んだ。

「いつから始める」

「下調べが要る。三日ほど余裕をくれ。馳走になった」

両手に竹皮包みを抱えて、山吹が屋台を出て行った。

寛文二年（一六六二）四月二十五日、竹橋御殿は歓喜に沸いた。

甲府宰相徳川綱重の側室お静《しず》の方が、男子を出産したのだ。

「でかした」

順性院が産屋で休んでいるお静の方を訪れて、褒めた。

「家光さまの初孫、しかも男子を産むとは、大手柄ぞ、静」

「畏れ入りまする」

お静の方が起きあがろうとした。

「寝ていよ。産後は大事にせねばならぬ」

やわらかく順性院が、お静の方をねぎらった。

お静の方は、田中屋治兵衛《たなかやじべえ》という商人の娘であった。行儀見習いとして、二代将軍秀忠の娘千《せん》姫のもとへあがっていたとき、綱重の手がついた。当時、綱重は、千姫の手で傅育《ふいく》されていた。これは、綱重が家光四十一歳前厄の生まれで、家光に害をなしてはと危惧され、髪を下ろし仏門に入っていた千姫、得度して天樹院《てんじゅいん》と名乗っていた彼女のもとに預けられていたためであった。

「六代さまの誕生ぞ」

乳母から生まれたばかりの赤子を受け取った順性院が頬ずりした。

綱重に男子誕生の噂は、その日のうちに館林の耳に届いた。

「…………」

すでにお静の方懐妊の事実を知っていた桂昌院だったが、衝撃のあまり言葉を失い、そのまま気絶した。

「お方さま」

牧野成貞があわてて介抱にあたり、すぐに息を吹き返したとはいえ、桂昌院の落胆振りはひどく、一日寝たきりとなった。

「なんということじゃ。綱吉さまよりも先に……ええい、情けない」

歯がみをして桂昌院が悔しがった。

綱吉と綱重は、わずかに二歳の差であった。この寛文二年で、綱吉が十七歳、綱重が十九歳になった。

「館の女どもは、なにをしていた。あと一年早く、誰かが綱吉さまの枕頭《ちんとう》に侍《はべ》っていれば……」

桂昌院は神田館の女中たちにまで、八つ当たりをした。

「ええい、家光さまから傅育を託されていながら、そなたはなにをしていたのか」

「申しわけございませぬ」

怒りの矛先《ほこさき》を向けられた牧野成貞が頭を下げた。

「しかしながら、早くから女をお側に侍らせるのは、外聞もよろしからず……」

牧野成貞が言いわけをした。

世継ぎなしは、断絶と幕法に決めておきながら、早くから女を側に置くことを幕府は好まなかった。

「女色に溺れ、政を疎《おろそ》かにし……」

最近でも、先代伊達藩三代藩主綱宗《つなむね》が二十一歳で隠居させられる理由となった一つが、女狂いであった。

「……そこを何とかするのが、傅育の役目であろう。子はできずともよい。せめて、女をお知りになっておられれば。ええい、伝をこれへ」

疳《かん》を起こした桂昌院が、綱吉の愛妾お伝の方を呼びつけた。

「お方さま、御用でございましょうか」

待つほどもなく、お伝の方が伺候した。

「そなた、今年中に和子《わこ》を産みやれ」

桂昌院が命じた。

「よろしゅうございますので」

お伝の方が確認した。

「お方さま。それは」

牧野成貞が桂昌院を止めた。

「なぜじゃ。同じ年に生まれた男子ならば、長幼より生母の身分が優《まさ》る。今年中に伝が男子を産めば、甲府の子よりも格上になる。静は町人の娘。伝より出は低い」

桂昌院が言った。

これも慣例であった。基本は生まれた順に長幼が決められ、継承順位となる。ただし、生母の身分に差があるときは、別であった。

武家の家督順位は、第一に正室の産んだ男子にあった。いかに年齢差がある兄であろうとも側室腹であるかぎり、正室の子に遠慮しなければならなかった。

そして、側室の子供は、長幼に従うとはいえ、母親の身分が低いと認知されるのが遅れ、兄弟の逆転もままあった。織田信長《おだのぶなが》の次男信雄《のぶかつ》と三男信孝《のぶたか》がそうであった。信孝のほうが早くに生まれたが、母親の身分が低かったため、信雄よりも子供として認められるのが遅く、三男となっていた。

「いけませぬ」

もう一度牧野成貞が首を振った。

「お伝の方さまのことを表に出すことになりまする」

「……あっ」

桂昌院が気づいた。

「将軍となるには、その正室を宮家あるいは、五摂家から迎えねばなりませぬ。もし、お伝の方さまのことが明らかになれば、話を持ちかけることさえできなくなりまする。公家衆《くげ》の矜持《きょうじ》は高《たこ》うございますゆえ、側室がおり、さらに子があるところへ、娘を嫁に出すことはございませぬ」

「そうであった」

力なく桂昌院が肩を落とした。

禄も少なく、その日の生活にも困るほど窮している公家衆だが、その矜持は高かった。

なかでも五摂家と呼ばれる、一条《いちじょう》、近衛《このえ》、二条《にじょう》、九条《くじょう》、鷹司《たかつかさ》は別格であった。将軍の弟とはいえ、ようやく正三位右近衛中将《うこんえのちゅうじょう》の綱吉である。五摂家から姫を迎えるには下手にでなければならなかった。

「家光さまのこともございますので……」

牧野成貞が付け加えた。

家光さまのこととは、三代将軍の正室となった鷹司家の姫孝子《たかこ》の待遇であった。なぜか、孝子のことを嫌った家光は、孝子を大奥から放逐し、生涯正室として遇することなく、窮迫に追いこんだ。家光の死後、家綱が孝子を気遣い、ようやくまともな扱いを受けるようになったとはいえ、一時は朝幕の間に亀裂を生じさせかけたのだ。五摂家の徳川への感情は最悪になったといっていい。事実、家綱の正室は五摂家から出されず、伏見宮家の顕子女王を迎えている。

将軍ならばまだ強権で押さえつけられるが、弟はいずれ一大名に落ちるのだ。五摂家に姫をと願っても、格が違うと拒まれても文句は言えない。政略による婚姻とわかっていても、わざわざ娘を苦労するとわかっているところへ、やりたがるわけはなかった。

「正室としてお迎えし、大切に扱い、生まれた子供が男子であれば、そのお方に家督を継がせる。そう言ってようやく話ができまする。綱吉さまも十七歳、そろそろ正室をお迎えしてよろしいころ。その大切なおりにお伝の方さまのことをあきらかにするのは、得策ではございませぬ」

懇々と牧野成貞が説得した。

「であったの。そのために、お伝の歳を偽ったのだったな」

桂昌院が落ち着いた。

「わたくしは今年で三歳にございまする。桂昌院さまの女小姓としてお側にあがったばかり」

微笑みながらお伝の方が言った。

綱重に側室があり、さらに懐妊したと聞いた桂昌院が、女ではなく学問に淫する綱吉を籠絡《ろうらく》するために目を付けたのが、稀代《きたい》の容姿を誇るお伝の方であった。だが、正室の問題が片付くまで、大っぴらに綱吉の側室と公表するわけにはいかず、お伝の方の歳を偽り、桂昌院付きの女小姓として神田館の奥へ入れる形をとった。

「三歳の幼女が孕《はら》んでは、まずいの」

「はい」

桂昌院とお伝の方が顔を見合わせ、声をあげて笑った。

「牧野、妾《わらわ》が焦りすぎたようじゃ。綱吉さまの正室のこと、頼むぞ」

「尽力いたしまする」

ほっと牧野成貞が息をついた。


同じ問題が甲府家の竹橋御殿でも話しあわれていた。

お七夜に虎松《とらまつ》と命名された男子は、お披露目さえされることなく、家老新見備中《にいみびっちゅうの》守正信《かみまさのぶ》の屋敷へと移されることとなった。

「なぜじゃ。家光さまのお血を引く、正統な徳川家の和子であるぞ」

順性院が反発した。

「綱重さまには、二条家の姫さまとの間に婚礼の内談が進んでおりまする。今、綱重さまに七歳も歳上の側室があり、男子まで産んでいるとなると、縁談が破棄される怖れもございますれば」

「ううむうう」

なんともいえぬ顔で順性院が新見備中守を睨んだ。

「ご辛抱を。今進めておりまする二条さまとの婚約さえなれば」

「婚約など、破棄できよう」

順性院が拗《す》ねた口調で言った。

「結納として、とても二条家では用意できぬほどのものを贈りまする。破棄するには、結納の品を返さねばなりませぬ」

「返させぬか。貧しい公家には効果がある。姫を金で買うと」

「はい。そうすれば、虎松さまのことを公にしても、せいぜい嫌みを言われるていど」

「京で嫌みを言ったところで、江戸までは聞こえぬな」

やっと順性院の機嫌がよくなった。

「では」

新見備中守がそう言って、虎松を吾が子として隠した。

第四章　闇の刃

一

三代将軍家光の初孫誕生は秘されたとはいえ、噂は流れる。だが、公式でない噂だけでは、誰も祝いを述べることはない。それでも影響は避けられなかった。ひそかに五代将軍を綱重と読んだ大名、旗本が甲府家へ接近し始めていたが、表向き世はことともないように進んでいった。

「暑くなったな」

五節句の一つ、端午《たんご》の日、祝賀登城に向かう行列を差配しながら、弥助は額《ひたい》にわき出る汗を手で拭《ぬぐ》った。

端午の日は、江戸に在している大名だけでなく、寄合旗本も江戸城へあがり、家格によって決められた席で、将軍へ祝辞を述べる。登城の時刻も決められているため、江戸城に近づけば近づくほど、集まっていた大名、旗本の行列で、辻《つじ》は大混雑した。

「藤堂《とうどう》公の御行列を先に。申しわけございませぬが、浅野《あさの》公は次で」

弥助が行列を差配した。

藤堂と浅野はともに、外様《とざま》である。石高でいえば浅野家が上になる。だが、格は藤堂家が高かった。これは、藤堂家の初代高虎《たかとら》が、秀吉《ひでよし》の死後早くから家康に誼《よしみ》を通じ、関ヶ原でも西軍寝返り工作の中心として徳川の天下取りに貢献するなどの功績で、藤堂家には准譜代の格が与えられていることによった。

「……わかった」

苦い顔で浅野家の供頭《ともがしら》が承諾し、

「ご免」

勝ち誇った顔で藤堂家の供頭が行列を進ませた。

「ふうう。これでほとんど終わったか」

登城で混《こ》み合うのも、四つ（午前十時ごろ）までである。弥助がほっと息をついた。

「うん……虫か」

首筋に痛みを感じて、弥助が手で払った。

「……あふっっ」

下に落ちたものが、なにかを確認することもできず、弥助が泡を吹いた。

「どうした。弥助」

同行していた黒鍬者《くろくわもの》が、倒れた弥助を抱きかかえた。

「おいっっ……こふっ」

弥助を揺すっていた黒鍬者も血を吐いて倒れた。

「二人」

辻を見下ろす松の上で、山吹が呟《つぶや》いた。

端午の節句を皮切りに、黒鍬者の死が続いた。

数日で八人が命を失った黒鍬者組屋敷は、大いに揺れた。

「またか」

「傷口がないぞ」

引き取られた死体は、裸に剝《む》かれ、全身くまなく調べられたが、傷一つ見つからなかった。

「毒だな」

一郎兵衛が言った。

死人はすべて血泡を口に溜《た》めていた。これで毒殺だと気づかないようでは、黒鍬者はこれから生き残っていけなかった。

「飲まされたか」

「誰に」

訊《き》いた黒鍬者へ、一郎兵衛が問い返した。

「お役目中に、なにか口にしたとでも」

黒鍬者は、その役目の最中、辻を離れることは許されなかった。もちろん、厠《かわや》へ行くなど論外である。当番の日は、前日から飲食を控えるのが決まりなのだ。担当する辻で飲食などありえなかった。

「たしかに」

黒鍬者が同意した。

「だが、傷がない」

毒を体内に入れるのは、飲ませるほかに、傷から流しこむ方法があった。毒を塗った刃《やいば》などで、傷をつければ、そこから毒が入り、死に至らしめる。

「毒を含んだ傷は、変色すると聞いた」

一郎兵衛がもう一度、弥助の死体を検《あらた》めた。が、見つけられなかった。

「もう、無理だな」

最初に殺された弥助の死体は、夏というのもあって腐敗が始まっていた。

「弥助は、かなり遣った。そう簡単にやられるはずはない。しかし、抵抗した跡さえないのは、なぜだ」

「…………」

集まった黒鍬者に答えはなかった。

「これ以上は無理だ。弥助を葬ってやろう」

その晩、葬儀となった。

「若い者が集まって、どうしようもないならば、年寄りに訊け」

入ってきた組頭が、一郎兵衛へ助言をした。

「おまえに一任はしてあるが、それはすべてをやれという意味ではない。結果さえ出せば、過程などどうでもよいのだ。己で足らぬならば、他人を使え」

組頭が苦言を呈した。

「……はい」

一郎兵衛がうなずき、すぐに組内の最長老を訪ねた。

「やっと来たか」

長老が嘆息した。

「年寄りが口出ししてはと思い、遠慮していたが、遅すぎよう」

「申しわけございませぬ」

叱られて一郎兵衛が小さくなった。

「傷跡がないとの噂だが」

「ご覧になられますか」

「不要じゃ」

一郎兵衛の問いかけに、長老は首を振った。

「傷はな、ないのではなく、見えぬだけよ」

「見えぬだけ……」

思い出すように一郎兵衛は目を閉じた。

「わからぬか。裸にしても外から見えぬところがある。女ならば陰部のなか、男なら肛門」

「まさか」

一郎兵衛が長老のもとから駆け出そうとした。

「慌てるな」

長老が止めた。

「辻番をしているときに、どうやって肛門へ毒を入れるのだ」

「あっ」

言われて一郎兵衛が気づいた。

「落ち着け。逸《はや》るのは若者の特権だが、拙速は利にならぬ」

「はい」

諭されて一郎兵衛は頭《こうべ》を垂れた。

「もう一カ所、外から見えぬところがあろう」

「外から見えぬ」

思案する一郎兵衛へ、長老が己の禿頭を指さした。

「儂《わし》にはないところだ」

「髪のなか……」

一郎兵衛が目を剃いた。

「しかし、血が出てませぬ。髪のなかとはいえ、切られれば血が垂れましょう」

「探してみろ。もし、刀傷ならいい。でなければ、ちょっと面倒なことになる」

長老が一郎兵衛を行かせた。

「一番新しい死者はどこだ」

「先ほど弔いのために、長屋へ運んだ。佐治《さじ》だ」

「わかった」

一郎兵衛は佐治の長屋に駆けこみ、すでに納棺されていた死体を外へ出した。

「なにを……」

佐治の妻が抗議した。

「詫《わ》びは後だ。組のためぞ、剃刀《かみそり》を貸せ」

「……はい」

黒鍬者も組内でしか婚姻をしない。妻も組のためと言われれば逆らえなかった。

「……あった」

剃《そ》り始めてすぐに一郎兵衛が佐治のうなじに青黒い大豆ほどの変色を見つけた。

「これは……」

妻が呆然《ぼうぜん》とした。

「傷はない」

変色した部分を触った一郎兵衛は、そのまま長老のところへ取って返した。

「その顔色では、傷はなかったな」

入ってきた一郎兵衛を見たとたん、長老が嘆息した。

「あれはなんでござる」

勢いこんで訊く一郎兵衛へ、静かに長老が答えた。

「吹き矢だ。敵は忍《しのび》だ」

「忍。では、伊賀か甲賀《こうが》」

「ああ。そのどちらかが甲府についた」

「馬鹿な……」

一郎兵衛が驚愕《きょうがく》した。

「あり得ぬ話ではなかろう。我ら黒鍬者が、館林さまに与《くみ》しているのだ。伊賀か甲賀が、同じことをしても不思議ではない」

長老が述べた。

「どうすればいい」

「勝負にならぬわ。忍は表に出ぬ。出てくれれば、まだ戦いようもあるがな。闇で争えば、忍に勝てる者はない」

問われた長老が無理だと言った。

「表に引きずり出せばなんとかなると」

「少なくとも、忍の動きは鈍くなる。姿が見えてしまえば、忍はさほど脅威ではない」

長老が告げた。

「……わかった」

少し思案した一郎兵衛が、長老のもとから組頭の長屋へと走った。

「お目付《めつけ》さまを呼ぶだと。三組のときは秘したのに」

一郎兵衛の要求に組頭が驚愕した。

黒鍬者は目付の配下ではあるが、士分ではない。いつも目付からの命に従うだけで、話をしたことなどなかった。

「黒鍬者の存亡でござる」

組頭へ一郎兵衛が説明した。

「しかし、お目付さまに組屋敷まで運んでいただくなど……」

目付の厳格さは知れ渡っていた。機嫌を損ねれば、小者でしかない黒鍬者など、組ごと吹き飛びかねなかった。

「目付配下の黒鍬者が、八名も毒殺された。これは目付への戦いに他ならない」

「煽《あお》れと言うか」

一層組頭の顔色が悪くなった。

旗本の俊英から選ばれる目付は、出世を約束されている。だけに、その地位を狙《ねら》う者も多い。少しでも瑕疵《かし》があれば、たちまち足を引っ張られ、同僚から指弾される目付も珍しくはなかった。

「配下である黒鍬者が殺されたのを放置しておけば、どうなるかなどお話しするまでもございますまい」

「……そなたが行け」

「ご冗談を。小頭でしかないわたくしでは、目付さまに目通りさえできませぬ」

一郎兵衛が断った。

「だが……」

「なんのための百俵でござる」

厳しい声で一郎兵衛が指弾した。

「うっ」

組頭が詰まった。

黒鍬者の禄は十二俵一人扶持《ぶち》である。ただし、組頭には百俵の役料と殿中の隅とはいえ席が与えられる。

「わたくしに組頭をお譲りくださるならば、行きましょうぞ」

「それはできぬ」

組頭が拒んだ。

「行かぬと言われるならば、死んだ者たちの遺族に、このことを話すまででござる」

「脅す気か」

一郎兵衛の言葉に、組頭がひるんだ。

組頭は世襲ではなかった。黒鍬者のなかから、選ばれて任に着く。特別な待遇を受けるだけに、組内のすべてに責任を負わなければならなかった。組内から組頭への不満が出るような事態は避けるべきであった。

「狙われるのは、辻に立つ我らでござる。城中に詰める組頭ではございませぬ」

「……わかった」

一歩も引かない一郎兵衛に、組頭が折れた。

「登城してくる」

目付は、城中目付部屋に常駐していた。黒鍬者組頭は、そこまで行けた。

「なにっ」

目付部屋にいた鈴木主水正《すずきもんどのしょう》が、ただちに動いた。

目付は、騎乗を許されている。鈴木主水正は、組頭を置き去りにして、黒鍬者の組屋敷へ馬で乗り付けた。

「誰かある」

門内まで馬で乗りうちした鈴木主水正が叫んだ。

「はっ」

待っていた一郎兵衛が、馬の足下へ平伏した。

「お目付さまでいらっしゃいまするか」

「うむ。目付鈴木主水正である。黒鍬者が毒殺されたと聞いて、調べに参った。案内いたせ」

「ただちに。お馬をお預かりいたしまする。おい」

一郎兵衛が後ろにいた配下へ、目配せし、鈴木主水正の前に立った。

目付にとって黒鍬者はものの数ではない。名前さえ訊くことなく、鈴木主水正が一郎兵衛の後に続いた。

「お目付さまである」

佐治の長屋へ入った一郎兵衛が触れた。

「へへっ」

葬儀の準備をしていた遺族たちが、あわてて平伏した。

「これか」

棺桶《かんおけ》から出され、夜具の上に横たえられていた佐治の遺体を、目付が手にしていた笞《むち》で突いた。

「さようでございまする」

やはり平伏した一郎兵衛が答えた。

「毒はどこだ」

「後頭部をご覧いただきたく」

「灯《あか》りを寄こせ。見えにくい」

鈴木主水正が文句をつけた。

「すぐに。おい」

遺族へ一郎兵衛が命じた。

「は、はい」

佐治の妻が、灯油の皿に火を付けて差し出した。

「……ふむ。たしかにおかしいの」

確認した鈴木主水正が、一郎兵衛へ笞の先を向けた。

「八名とも同じか」

「最初の三名につきましては、気づくのが遅れ、腐敗いたしまして確認できませなんだ」

「ちっ。役にたたぬ」

鈴木主水正が舌打ちした。

「確認できるのは五体だな」

「さようでございまする」

「ここへ集めろ」

「承知いたしましてございまする」

足を運ぶとさえ言わない鈴木主水正へ、一郎兵衛は従った。

「……同じだな」

集められた五人の後頭部を見た鈴木主水正が立ちあがった。

「どこか、話のできるところを用意いたせ。臭くてかなわぬ」

露骨に顔をゆがめて、鈴木主水正が命じた。

「では、組頭の長屋まで」

一郎兵衛が案内した。

「組頭はまだか」

「申しわけございませぬ」

咎《とが》める鈴木主水正へ、一郎兵衛が詫びた。

「まあよい。そちでもよいわ。相手に心当たりはないのか」

鈴木主水正が尋ねた。

「あのような傷、忍でなければ……」

「たわけ。そのようなこと、そなたに言われずともわかっておるわ。どこの忍かと問うているのだ」

「さすがにそこまではわかりかねまする」

「それさえわかっておらぬのか。それでは、下手人《げしゅにん》の捕まえようがない。吾《われ》に訴え出るならば、下手人はどこの誰だと特定しておけ。ならば、吾が出向いて、畏《おそ》れ入らせてやるものを。無駄足であった。やはり黒鍬者など使いものにならぬわ」

首を振った一郎兵衛へ、鈴木主水正が罵声《ばせい》を浴びせた。

「後は徒目付《かちめつけ》に任せる。下手人が知れたら、報《しら》せに来い。馬、引けい」

さっさと鈴木主水正が帰っていった。

「ふざけおって……」

一郎兵衛が強く手を握りしめて震えた。

「八人もの配下が死んだのだぞ。それを手柄のもととしか考えていない。我らは人でさえないのか」

馬を引いてきた己吉も憤慨していた。

山本兵庫との戦いで、生き残った己吉は、同じく生き延びた弥助の非業の死に大いに衝撃を受けていた。

「………」

何度も息を吸って吐くを繰り返し、一郎兵衛が無理矢理己を落ち着かせた。

「まあいい。徒目付を動かすとの言葉は引き出せた。徒目付ならば、忍とでも渡り合えよう」

一郎兵衛が述べた。

徒目付は目付の下僚である。百俵ていどの御家人のなかから腕の立つ者が選ばれた。また、そのなかの幾人かが代々忍の術を受け継いだ隠密《おんみつ》として、大名領や江戸の城下へ散らばっていた。

「お怒りを買ってはおるまいな」

やっと組頭が組屋敷へ戻って来た。

「そこで、お目付さまをお見送りしたが、難しいお顔であった」

組頭が咎めるように言った。

「お目付さまより、徒目付に任せるとのご指示をいただいた。徒目付さまにその旨をお伝え願いたい」

「なっ、なに……」

徒目付は、江戸城大手門脇の番所に詰めている。組頭が戻って来たばかりで、もう一度同じ道をたどらねばならぬことに唖然とした。

「百俵のうちでござる。早く行かねば、お目付さまのご命をないがしろにしたとなりますぞ」

「くっ」

一郎兵衛を睨《にら》みつけたが、目付の指示と言われれば、どうしようもない。組頭は、荒い息を治める間もなく、ふたたび組屋敷を出て行った。

「これでどうにかなるのか」

己吉が問うた。

「徒目付番所と甲賀者のいる百人番所は近い。徒目付さまの動きは、すぐに甲賀者の知るところとなろう。さすれば、手出しも控えよう」

「伊賀だとどうなる」

「徒目付さまが、探索のため我らのもとに出入りし始めれば、すぐに気づくであろう」

「警鐘代わりか、徒目付さまは」

小さく己吉が笑った。

「……小頭どのよ」

笑いを消して己吉が一郎兵衛を見つめた。

「仇は討つのか」

「いいや」

「なんだと。仲間が殺されたのだぞ」

否定した一郎兵衛に、己吉が食ってかかった。

「仇討ちはせぬ。ただし、邪魔する者は排除する」

一郎兵衛が低い声で宣した。

「……邪魔者は除《の》けると」

「当然だ」

「山本兵庫よな」

「ああ」

確認する己吉に、一郎兵衛が首肯《しゅこう》した。

「どうするのだ。相手は強いぞ」

「何度と戦って、気づいた」

一郎兵衛が己吉の失われた左腕を見た。

「戦いは一対一に持ちこんではならぬ。数で押し切るしかない」

「数か」

己吉が目を閉じた。

「山本兵庫を相手にするならば、少なくとも五人はいるぞ」

「だな。剣を遣える者五人、そして鉄炮《てっぽう》を用意する」

「飛び道具か。だが、黒鍬者に鉄炮はないぞ」

言った一郎兵衛に己吉が驚愕した。

小者身分の黒鍬者は、武士の表芸である槍術と馬術、そして弓術に縁がなかった。飛び道具の管理にうるさい幕府は、士分でない者が弓や槍《やり》を持つことを取り締まっている。己吉の槍が杖に擬態しているのもそのためであった。

「鉄炮にかんしては、願うしかないだろう」

「願う……」

己吉が首をかしげた。

「館林さまから、ご家中を貸していただく」

「大丈夫なのか」

一郎兵衛の案に、己吉が懸念を表した。

「貸してくださるさ。伝の方さまにおねだりをしていただくからな」

下卑《げび》た笑いを一郎兵衛が浮かべた。

「小谷の長屋へ行ってくる」

一郎兵衛が背を向けた。

小谷とは伝の方の実家であり、この組屋敷にあった。

「伝の方さまにお目にかかれるのは、父である小谷権兵衛だけだ。小谷から話をしてもらう。人手を貸していただくのと……用がすみしだい目付鈴木主水正を左遷していただくようにな」

暗い笑いを一郎兵衛は浮かべた。

二

綱重の側室お静の方が男子を産んだとの話は、家綱のもとに届けられた。

「正式にお届けはございませぬが、甲府宰相どのに男子出生とのことでございまする」

老中稲葉美濃守が、政《まつりごと》の報告を終えたあとに告げた。

「そうか」

家綱はあっさりとうなずくだけであった。

「早速に引目役の決定をいたさねばなりますまい」

稲葉美濃守が口にした。

引目役とは、将軍の子供に付けられる傅育《ふいく》役のことだ。子供の格によって上下するが、譜代大名あるいは名門旗本から選ばれた。子供が成人した後は側近として仕える引目役は、つけられた子供が将軍になれば、幕政を担う執政や側用人《そばようにん》などの重職に補任されることが多かった。

「下がれ」

家綱が不機嫌な顔で手を振った。

「えっ」

「下がれと申した。聞こえなかったか」

「いえ。では、ご免を」

老中といえども、将軍の家臣でしかない。家綱の一言で首が飛ぶ。急いで、稲葉美濃守が御座の間を出ていった。

「豊後守を」

「ただちに」

家綱の言葉に、小姓が駆け出した。

一気に機嫌を悪くした家綱をはばかって、阿部豊後守が来るまでの間、御座の間はしわぶき一つ聞こえない緊迫した状態になった。

「お呼びでございますか」

ゆっくりと阿部豊後守が現れたとき、小姓たちがいっせいに息をつくほど、御座の間の雰囲気は固かった。

「ふむ」

阿部豊後守が一同を見た後、家綱へと顔を向けた。

「ご気色《きしょく》よろしくございませぬか」

「…………」

呼んでおいて家綱は黙った。

「上様、将軍とはいえ、人でございまする。ご機嫌が悪くなるときもございまする。それをお咎めいたす気はございませぬ。しかし、なにがお気に召さないのかをお教えいただかねば、どうしようもありませぬ」

諭すように阿部豊後守が家綱へ求めた。

「…………」

「一同、遠慮いたせ」

それでも無言を続ける家綱を見て、阿部豊後守が他人払いを命じた。

「……上様」

小姓組頭が家綱の顔色を窺《うかが》った。

傅育のころなれば、阿部豊後守の指示が優先された。しかし、すでに家綱も将軍となって十一年、阿部豊後守も傅育役を終えている。武家にとって主君の命がなによりである。小姓組頭が家綱の承諾を欲しがったのは当然であった。

「………」

家綱が首を縦に振った。

「はっ」

小姓組頭の指示で御座の間から、小姓と小納戸《こなんど》が離れた。

「豊後、躬《み》は大御所となるべきか」

ようやっと家綱が口を開いた。

「なにを仰《おお》せられまするか」

阿部豊後守があきれた。

大御所とは、前将軍のことだ。それも生存中に将軍位を譲った者で、家康、秀忠の二人が大御所と呼ばれた。

「甲府に子ができたことを知っておるであろう」

「承知は致しておりまするが、まだ届けもございませぬ。相手にされずともよろしゅうございましょう」

冷たく阿部豊後守が言った。

「引目を決めねばならぬと言いおったぞ」

「……その愚か者は、美濃守でございますか」

本日家綱へ政の報告をするのが誰かは、阿部豊後守も知っていた。

「引目は、将軍の子供になされるもの。それを綱重の息子につけたいそうだ。それは綱重の息子を世継ぎと認めるということに他あるまい。そして、綱重の子供が将軍の子供ならば、将軍は躬ではなく、綱重でなければなるまい」

拗《す》ねた口調で、家綱が述べた。

「上様、ご説教をさせていただきますぞ」

「なぜ、躬が説教されねばならぬ。叱られるは美濃守であろう」

家綱が阿部豊後守の言いように反発した。

「美濃はあとで思い知らせておきまする。その前に、上様にご注意を申しあげまする。

上様は、天下の武家の統領でございまする。むやみやたらとそれを振り回されては、困りまするが、黙っておられるのは、よりいけませぬ」

阿部豊後守が続けた。

「上様は主君でございまする。家臣が気に入らぬことをしでかしたならば、その場でお叱りにならねばいけませぬ。後でとか、人前で叱ってやるのはどうかなどと遠慮なさらずともよろしゅうございまする」

「よいのか」

言われた家綱が驚いた。

「はい。もちろん、理のとおらぬお怒りは論外でございまする。が、家臣が上様をないがしろにするような言動を取った場合、誰が見ていようともお叱りになっていただきまする。でなければ、見ていた者たちも、ああ、許されるのだと考え違いを起こしまする。小姓や小納戸など、上様のお側《そば》近くにおる者は、いずれその才に応じて、転じていくもの。いわば、上様の目の届くところで、修業を重ねているのでございまする」

「修業か」

「左様でございまする。さらに付け加えますれば、上様もご修業でございまする。人を使う。それに慣れていただく」

「躬も修業……」

「人には適材適所というのがございまする。算勘の得意な者を大番組に配しては宝の持ち腐れでございましょう。性の合わぬ役目は、仕事にならぬだけでなく、本人の心にも負担をかけまする」

阿部豊後守が説明した。

「この者は、なにに向いていそうだ。あやつはあの役目にふさわしかろう。これを躬が見抜かねばならぬと」

「ご明察でございまする。さすがは上様」

大げさに阿部豊後守が褒めた。

「世辞は止《や》めよ」

「それでございまする」

苦笑する家綱へ、阿部豊後守が言った。

「その場で上様がお叱りになれば、本人だけでなく、周囲も上様は世辞をお嫌いになると理解いたしまする」

「一罰百戒……」

「ご明察でございまする」

先ほどと同じ返答であったが、阿部豊後守は喜びを声にこめていた。

「さて、これでわたくしは下がらせていただきまするが、甲府宰相どのが和子《わこ》どのには、引目など論外。不要でございまする」

阿部豊後守が、一礼した。

ただちに御用部屋へ取って返した阿部豊後守は、中央の火鉢の側に立った。

夏でも御用部屋に火鉢があったのは密談用であった。御用部屋は老中ごとに屏風《びょうぶ》で仕切ってあるとはいえ、話し声は筒抜けになる。老中まで登ってくるだけに、外へ話を漏らすようなうかつな者はいないはずだが、何気なく口にしてしまうかも知れない。ならば、知らなければいい。いや、報せなければいい。

火鉢はその秘密保持のため使われた。用件にかかわる者だけを集め、火鉢の灰の上に文字を記して、打ち合わせをする。灰の上に書かれた文字は、紙と違って火箸《ひばし》で撫《な》でるだけで跡形もなく消えてくれる。密談にはもってこいであった。

「ご一同」

阿部豊後守が注目せよと声をあげた。

「なんでござろうか」

「………」

執務していた老中たちが、阿部豊後守へ注意を向けた。

「御内談か」

酒井雅楽頭が、火鉢の側へ移動しようと腰をあげかけた。

「その場にてお聞き下さればよろしい」

阿部豊後守が止めた。

「さて、ご一同のなかには、甲府宰相どののもとに子ができたとお聞き及びの方もござろう」

将軍の弟とはいえ、身分は家臣である。老中である阿部豊後守が同格の扱いをしても問題はなかった。

「もと……」

何人かの老中が、阿部豊後守の言い回しの奇妙さに気づいた。

「届け出がないかぎり、将軍の一門として遇することはないとのお言葉がござった」

じっと阿部豊後守が稲葉美濃守正則を見た。

「………」

稲葉美濃守が顔をそむけた。

「承知いたした。御用部屋はなにもいたしませぬ」

阿部豊後守の意図を理解した酒井雅楽頭が、代表して返答した。

「公式に弟の子供として届けられたならば、身分に応じた視意を与えるとのご諚《じょう》でござる。言わずともおわかりとは存ずるが、執政衆が軽挙妄動いたしては、他の者への影響もござる。ふさわしくないと考えられれば、執政の席からはずれさせるとも仰せである」

「わかりきったことでござる。そのような輩《やから》は、ここにおりますまい」

酒井雅楽頭が応じた。

「とは存ずるが、軽輩のなかにはうかつなまねをいたす者もでかねぬ。そのときは、厳しくご注意をしていただくように」

阿部豊後守が締めくくった。

「承知」

老中たちが職務へ戻った。

「美濃守どの」

静かに阿部豊後守は、稲葉美濃守へ近づいた。

「上様の和子さまがお生まれになったときの、引目はあきらめられよ」

「……はくっ」

稲葉美濃守が息を呑んだ。

「次代を見抜いて動かれるのはよろしいが、もう少し目を鍛えなされよ。稲葉家は春日局さまのご実家ということで優遇されているだけ。貴殿の能力でここにいるわけではない」

周囲を気遣った小声だったが、阿部豊後守の言葉は稲葉美濃守を鋭く切った。

「……はい」

力なく頭《こうべ》を垂れる稲葉美濃守から離れて、阿部豊後守が自席へと戻った。

若い執政たちに煙たがられている阿部豊後守は、一人離れたところに設けられた己の席へと座った。松平伊豆守が死に、三代将軍家光の遺臣も阿部豊後守だけとなった。

酒井雅楽頭を始めとする新しい執政衆は、阿部豊後守を政から離そうとしている。おかげで、阿部豊後守の屏風近くには、政の内容を清書する右筆《ゆうひつ》もおかれていない。茶の用意などの雑用をこなす御用部屋坊主でさえ、少し大声を出さなければならないほど離れている。

「情けない。これが、今の執政か。執政の意味を理解さえしていない。執政は上様に代わって政をするだけ。言わば、上様の食事を作る台所役人と同じ。それを偉くなったと思いこみおって。己一人の力でここまで来たという顔をしおる。おまえたちが、大名でございと大きな顔ができるのは、先祖のお陰じゃ。先祖が命をかけて、手柄をたてた褒賞でいただいた禄ではないか」

阿部豊後守は憤慨していた。

「……いかん。独り言が多くなったな。老いたせいか」

苦笑しながら阿部豊後守が首を振った。

「そろそろ隠居して、孫の相手でもと思っていたが、まだまだか……」

阿部豊後守が嘆息した。

いつものように屋敷へ戻った賢治郎を、出迎えたのはなんと作右衛門であった。

「義父上《ちちうえ》……」

養子に来て以来初めての出来事に、賢治郎は呆然《ぼうぜん》としてしまった。

「おかえりなさいませ」

作右衛門の後ろにいた三弥が声をかけた。

「た、ただいまもどりましてございまする」

賢治郎はぎこちなく頭を下げた。

「お役目ご苦労だ」

ねぎらった作右衛門が、続けた。

「これを」

作右衛門が手にしていたものを差し出した。

「これは……」

渡されたものは太刀《たち》であった。

「無銘だが、備前の業物《わざもの》だ。これを堀田備中守さまのもとへ届けて参れ」

「ご挨拶に行けと」

作右衛門の指示を賢治郎は理解した。

「そうだ。我が家の刀すべてとの交換となったが、これならば、恥ずかしくはない」

差し替えの刀すべてを失ったという作右衛門に賢治郎は驚いた。

「ご無理をなさらずとも……」

「たわけ。これから深室家は名門の仲間入りをするのだ。それにふさわしい用意をせねばならぬことくらい、わからぬのか」

作右衛門が叱責《しっせき》した。

「しかし……」

「賢治郎さま」

まだ言いつのろうとした賢治郎を、三弥が目で制した。

「…………」

「本日はご非番でお屋敷におられるとのことである。急がぬか。あまり遅くなっては、面談を願う者たちで混《こ》む、下村《しもむら》を連れて行け」

そう言って作右衛門が奥へと引っこんだ。

「お持ちいたしまする」

賢治郎の手から、下村が太刀を取りあげた。

下村は深室家の家宰を務める譜代の家士であった。年齢も作右衛門より少し歳下《としした》なだけで、賢治郎からすれば家臣ながら遠慮しなければいけない相手であった。

「お願いする」

すでに手に太刀はなかったが、賢治郎はそう言うしかなかった。

「では、参りましょう。お嬢さま」

下村が促した。

「わかっていまする」

少し尖《とが》った口調で、三弥が応じた。

「三弥どのも……」

仲人への挨拶に、娘が出るとは思わなかった賢治郎が訊いた。

「当たり前でございましょう」

三弥がなにをわかりきったことをと返した。

「わたくしが婿《むこ》を迎えるのでございまする。あなたさまは、わたくしにもらわれる立場だとお忘れなきよう」

勝ち誇った顔で三弥が宣した。

「……はあ」

そのとおりであった。賢治郎はあいまいにうなずいた。

「参りましょう」

先導すると下村が先に立った。

堀田備中守の上屋敷は神田橋御門を入ったところにあった。

「さすがは堀田さま。まだ八つ（午後二時ごろ）過ぎだというのに、すでに面会を求めるお方のお姿がございますな」

下村が感心した。

といったところで、こんな早くから並んでいる者は、優先されるだけの力をもたない小大名か無役の旗本である。長く並んでいることを見せつけて同情を買い、面会をしてもらおうと考えているのだ。

「ご免を」

並んでいる面会待ちの行列を横目に、下村が堀田家上屋敷の門番へと近づいた。面会を求める客が来る屋敷では、門番足軽の他に応接用の藩士を門脇に詰めさせていることが多い。堀田備中守の屋敷でもそうであった。

「お名前を」

藩士が下村へ問うた。

「深室作右衛門が娘、三弥と養子の賢治郎でございまする」

他人に披露するとき、主家の者に敬称は付けない。下村が藩士へ告げた。

「深室さまでございまするな。伺っておりまする。どうぞ、お通りを」

門脇の藩士が開かれた大門のなかへと案内した。

面会をおこなっている家では、大門を開けておくのが普通であった。これは、客の格に合わせて、大門、脇門、潜《くぐ》り門と対応していたのでは、手間がかかりすぎるからであった。

「深室作右衛門さまお係人《かかりうど》さまでございまする」

門脇の藩士が玄関に控えていた藩士へ引き継いだ。

「承った。どうぞ、こちらへ」

玄関に控えていた藩士が、先導した。

「わたくしはここで」

下村が賢治郎へ太刀を返し、玄関土間で止まった。

「供待ちでお待ちいたしておりまする」

「わかりました」

賢治郎よりも早く三弥が応えた。

「参りましょう」

三弥が少し離れたところで待っている藩士へと足を進めた。

「ああ」

ここでも賢治郎は主導権を握られていた。

「こちらで、しばしお待ちを」

「ご案内かたじけのうございました」

客間の前で膝《ひざ》をついた藩士へ、一礼した三弥がなかへ入った。

「ご苦労でござった」

賢治郎も続いた。

客間の下座中央に三弥が、その少し後ろやや左に賢治郎が腰を下ろした。

旗本の家督は男でなければ継げなかった。婚姻して作右衛門が隠居すれば、賢治郎が深室家の当主となるのだが、それでも婿養子であることは変わらなかった。これは武家の根本にかかわる血の問題だからであった。

深室家の家禄である六百石は、何代も前の先祖が戦場でたてた手柄や、役人として務めてきた功績によって与えられたものである。基本として武家の家禄は、個人ではなく家につく。主君の寵愛《ちょうあい》を受けて、一代限りの加増ということもあるが、そう多くはない。そして家禄は代々受け継いでいくことが許された。そう、赤の他人への譲渡は禁止という条件がついている。深室の禄は深室の血を引いた子孫のものであり、婿養子が当主となっても、賢治郎のものとはならなかった。

深室の家にいるかぎり、賢治郎はあくまでも三弥の婿でしかなく、一歩引かねばならない立場であった。

「…………」

客間で待たされている間にしゃべるのは、あまり褒められた行為ではない。賢治郎と三弥は、堀田備中守が現れるまで無言で座した。

「主、ただいま来客を応接いたしております。終わり次第参りまするので、もう少しご辛抱をお願いいたしまする」

茶菓を持って来た家臣が言いわけをした。

「………」

無言のまま三弥が軽く頭を下げ、感謝の意を伝える。賢治郎も倣《なら》った。

出されたからといって、目上の屋敷で菓子を食い、茶を飲むわけにはいかなかった。もちろん、出されたものを飲食したところで、咎められるわけではないが、あまり見栄えのよいものでもなかった。

「すまぬ。待たせた」

茶が水のように冷めたころ、堀田備中守が近臣一人を連れて客間へやって来た。

「津軽どのが、なかなか離してくれなくてな」

堀田備中守が言いわけをした。

「いいえ。お忙しいことは重々承知しておりまする。本日はお目通りをいただき、感謝しておりまする。深室作右衛門の娘三弥でございまする」

三弥が立派な口上を述べた。

「堀田備中守である。さすがは作右衛門どのの娘御であるな。まだ幼いのに、見事なるご挨拶。備中守、感服した」

大げさに堀田備中守が褒めた。

「畏れ入りまする」

一礼した三弥が、賢治郎のほうへ顔を向けた。

「後ろにおりまするのが……」

「婿どのとは何度か会ったな」

三弥の紹介を堀田備中守が遮った。

「いつもお世話になっております。あらためまして深室賢治郎でございまする」

月代御髪《さかやきおぐし》係として御座の間に出入りする賢治郎は、幕閣のほとんどと顔を合わせていた。堀田備中守とも面識はある。いや、話をしたこともあった。

「このたびは、お仲人をお引き受けいただき、まことにありがとうございまする」

少し憮然《ぶぜん》とした顔で、三弥があいさつを再開した。

「いや、上様のお覚えめでたい賢治郎どのの婚姻の仲立ちをさせていただく。こちらから礼を言うべきじゃ」

堀田備中守が手を振った。

「賢治郎どの」

三弥が合図した。

「これを」

賢治郎が背後に置いていた太刀を、柄《つか》を前に鞘《さや》の石突き付近を持ち、害意がないことを表す、慣例にしたがって少しだけ前へ出した。

「おう、気遣いをいただいたか。遠慮なくちょうだいする」

喜びを堀田備中守が露《あら》わにした。

「…………」

無言で近臣が近づき、太刀を受け取った。

「しまっておけ」

太刀をあらためもせず、堀田備中守が下げるようにと近臣へ命じた。

「さて、今度はこちらの番よな。襖《ふすま》を開けよ」

堀田備中守の声に合わせて、隣室との襖が開いた。

「さしたるものではないが、引き出物じゃ。受け取ってくれい」

ほほえみながら堀田備中守が告げた。

「こんなに……」

三弥が目を見張ったのも無理はなかった。隣室には三方がいくつも並べられ、その上には白絹の反物や脇差《わきざし》などがこれでもかと載せられていた。

「帰りにお届けする者を同行させよう」

「お心遣い感謝の言葉もございませぬ」

ていねいに三弥が頭を下げた。

「申しわけないが、次の客がな」

堀田備中守が終わりを口にした。

「お忙しいところおじゃまをいたしました」

「…………」

腰を折る三弥に、賢治郎も続いた。

「では、これにて」

立ちあがった三弥が、客間を出た。後にしたがおうとした賢治郎を堀田備中守が呼んだ。

「深室どの」

「はい」

賢治郎は足を止めた。

「上様のご機嫌はいかがか」

「お麗しゅうございまする」

「これは噂で耳にしただけであるがな、甲府宰相さまが男子をもうけられたそうだが、上様はなにか仰せられておられたか」

「……いいえ」

堀田備中守の問いに、一瞬だけ迷った賢治郎は首を振った。家綱はなぜか、この話を賢治郎とはしなかった。

「そうであるか。いや、お留め申した」

「いえ。失礼をいたしまする」

用はすんだと言った堀田備中守に賢治郎は別れを告げた。

「備中守さまからのいただきものがある。下村、それを差配しなさい」

供待ちから出てきた下村に指示した三弥がさっさと歩き出した。

「頼んだ」

三弥を一人で行かせることはできない。賢治郎は下村へ後事を託して、後を追った。

三

「賢治郎さま。備中守さまのお話はなんでございましたか」

「よくわかりませぬ」

問われた賢治郎は首を振った。

堀田備中守を阿部豊後守が嫌っているのは、賢治郎も知っていた。死んだ松平伊豆守信綱も堀田備中守のことを危惧《きぐ》していた。しかし、執政である酒井雅楽頭や稲葉美濃守と違い、人物を将軍へ披露するのが役目の奏者番《そうしゃばん》では、幕政への影響はほとんどない。賢治郎にしてみれば、なぜそこまで警戒しなければならないのか、よくわからない相手であった。

堀田備中守の父、加賀守正盛のことは賢治郎も知っていた。家綱のお花畑番として側近くにいたおりに、何度となく顔を合わせていた。ただ、すでに体調を崩していた加賀守正盛は、ほとんど喋《しゃべ》ることもなく、松平伊豆守や阿部豊後守のように、はしゃぎすぎた賢治郎たちお花畑番を叱りつけるようなこともなかった。

「上様のご機嫌を問われましたが……」

　奏者番は連日勤務ではないとはいえ、三日に一度は城中へ詰めなければならない。また、縁者である大名や旗本が、将軍へ目通りを願うときの立ち会いや、礼儀礼法の指導などを頼まれることも多い。また、奏者番は寺社奉行を経て、側用人、若年寄へと出世していく端緒でもある。といっても、執政たちに精励していると見せつけなければ、出世の道は開かれない。二十年奏者番のままという者もいるのだ。

　これらのこともあり、堀田備中守は、ほぼ毎日登城しているといってもいい。別に賢治郎へ問わずとも、家綱のようすは重々承知しているはずであった。

「上様はお変わりなく」

　三弥が尋ねた。

「ご健勝であらせられまする」

　月代御髪係は、奥医師よりも家綱に近づく。賢治郎は、家綱の体調を確実に把握していた。

「意図が見えませせぬ」

　小さく賢治郎は首を振った。

「賢治郎さま」

不意に三弥が足を止めた。

「どうかなされたのか」

堀田備中守のことに思いをはせていた賢治郎は、前を行く三弥にぶつかりそうになった。

「あれは……」

三弥が指さした。

「……」

指の先へ目をやった賢治郎は、頰《ほお》をゆがめた。

「兄上……」

家臣二人を左右に侍《はべ》らせた松平主馬が、十間《けん》（約十八メートル）先で仁王立ちしていた。

「やはり厚かましくも堀田備中守さまのもとを訪れていたな」

憎々しげに松平主馬が賢治郎を睨みつけた。

「こちらへ来い」

松平主馬が呼びつけた。

「……賢治郎さま」

不安そうな表情を三弥が浮かべた。

「大事ございますまい。人通りもございまする。さすがにここで刀を抜くようなまねはしますまい」

幕府は泰平の世の維持を重要と考え、争闘を厳しく取り締まっていた。どのような理由があろうとも、喧嘩は両成敗であり、往来で真剣を抜いただけでも無事ではすまなかった。

家をなにより大事にし、出世を狙っている兄主馬が、経歴に傷が付くようなまねをするはずはないと賢治郎は確信していた。

「ここはわたくしが」

三弥が応対すると言った。

先日、深室の屋敷まで押しかけ、家臣に賢治郎を討たせようとした松平主馬に、三弥は出入り禁止を言い渡していた。

「いえ、往来では……」

賢治郎は三弥の手を引いて、後ろへ下げた。

三弥の権は、深室の敷地内だけでしかつうじなかった。世間に出てしまえば、三弥は旗本深室作右衛門の娘でしかなく、寄合三千石の当主松平主馬とは格が違いすぎ、対等に話をすることなどできなかった。

「なれども……」

「お任せを」

心配そうな顔をする三弥の手を一瞬強く握って、賢治郎は前へ出た。

「賢治郎さま……」

頬を染めた三弥を背に、賢治郎は前へ出た。

「ご無沙汰《ぶさた》をいたしております」

三間（約五・四メートル）ほど離れたところで、賢治郎は一礼した。

「もっと近くに来い」

「いえ。ここで」

松平主馬の強要を、賢治郎は拒んだ。

三間は剣で対峙《たいじ》するには少し遠い。互いに一歩ずつ踏み出せば、一足一刀と呼ばれる刀の届く間合いになるが、少なくとも一挙動なければ、斬《き》りかかることはできない。その一手間があれば、咄嗟《とっさ》の対応はできる。

「話が遠い」

「十分聞こえまする」

「他人に聞かせてよいのか」

脅すように松平主馬が言った。

「聞かれて都合の悪いことなどございませぬ」

賢治郎は首を振った。

「こいつ……」

松平主馬の顔に怒気が浮かんだ。

「妾腹の分際で……」

「それは深室家への侮辱ととらせていただいてよろしいのでございますな」

言い返したのは三弥であった。三弥は怒っていた。

「……女の口出しすることではない」

一瞬松平主馬が気圧《けお》された。

「賢治郎さま、お相手するにふさわしくございませぬ。戻りまする」

「はい」

家付き娘の言葉に婿は逆らえない。賢治郎は後ろ向きに数歩下がった。

「待て、話がすんでおらぬ」

「無駄なやりとりを強《し》いているのはそちら。わたくしどもがおつきあいする義理はございませぬ」

三弥が冷たく断じた。

「生意気な。賢治郎、松平家の当主として命じる。ついて参れ」

「お断りいたしましょう。深室家の者が、松平家に従う理由はございませぬ」

断ったのは三弥であった。

「こいつ……おい。女を押さえろ」

短気な松平主馬が、控えていた家臣へ合図した。

「殿、さすがに」

天下の往来である。ましてや神田橋御門からさほどはなれてない場所で、武家が女を取り押さえるなど、騒ぎを呼んでいるも同じであった。

「……うむう」

松平主馬が唸《うな》った。

「では」

優雅に腰を折って、三弥が歩き出し、賢治郎はその後についた。

「待て。賢治郎、備中守さまへのお願いを取り下げろ」

あわてて、松平主馬が言った。

「できませぬ」

やはり三弥が拒否した。

「これは深室家の問題でございまする」

「………」

正論であった。松平主馬が沈黙した。

「それに先ほどお目にかかったとき、喜んで引き受けるとのお言葉をいただきました。それを断れるはずなどございますまい」

「喜んで……」

松平主馬が息を呑んだ。

「上様のお覚えめでたい深室賢治郎の慶事にかかわれるのは光栄とまで」

「…………」

「三弥どの」

言葉を失った松平主馬を見て、賢治郎は三弥を目で制した。

「……甘いですわね」

賢治郎だけに聞こえる小声で三弥が嘆息した。

「行きましょう」

三弥がふたたび歩き出した。

「では、ご免」

少しだけ頭を下げて、賢治郎も続いた。

「殿」

呆然としている松平主馬に家臣が声をかけた。

「……だと」

「なにか仰せに……」

家臣が聞き直した。

「光栄だと」

松平主馬が吐き捨てるように口にした。

「どちらへ」

勢いよく歩き出した松平主馬へ家臣が問うた。

「備中守さまにお話を伺う。先触れいたせ」

「はっ、はい」

急いで家臣が駆けていった。

用人から松平主馬が来たと報された堀田備中守が思案した。

「……どんな感じであるか」

「かなりお焦りのようすでございまする」

用人が答えた。

「深室が帰って、代わりに焦った松平主馬が来た。どうやら出会ったようだな」

堀田備中守が笑った。

「お会いになりまするか」

「いや。このていどで頭に血がのぼる。それでは使えぬ。松平主馬との縁を切ろう。

他の客もいるな」

「はい。あと三組お待ちでございまする」

問われて用人が告げた。

「ちょうどよい。証人に仕立て上げられるな。一同の前で面会を断れ」

「……よろしいのでございまするか」

聞いた松平主馬がどうするかなどわかっている。用人が危惧を表した。

「余にはかかわりのないことであろう。そうだな、つきあいの最後に、背中を押してやるのも親切というものだ」

口の端を堀田備中守がゆがめた。

「背中を……わかりましてございまする」

用人も笑みを浮かべた。

「なにを」

他の面接希望する者と客待ちで待機していた、松平主馬は堀田備中守から会わないとの伝言を受けて、混乱した。

「松平主馬とお伝えくださったのであろうな」

「はい。まちがいなくお名前をお伝えいたしましたところ、お目にかかるつもりはないと主が」

確認する松平主馬へ、用人が述べた。

「なぜでござる」

「深室家との争いは芳《かんば》しからずとだけ」

用人が淡々と答えた。

「もう一度お取り次ぎを」

松平主馬が詰め寄った。

「お帰りを」

冷たく用人があしらった。

「どうして……」

「……松平さま」

肩を落とした松平主馬の耳元で用人が囁《ささや》いた。

「これは、わたくしの独り言でございまする」

「…………」

呆然とした顔で松平主馬が用人を見た。

「深室賢治郎さまと当家は誼をつうじまする。仲人をお引き受け致しましたので。逆に申しますれば、仲人の件がご破算になれば……当家と松平さまの仲は……」

「……深室が仲人を断れば」

一瞬で松平主馬の目つきが変わった。

「では、お帰りを」

用人が手で出口を示した。

堀田備中守の屋敷からの帰途、松平主馬は一言も口をきかなかった。

「お帰りなさいませ」

用人が出迎えた。

「金を用意しろ」

「……いかほどでございましょう」

顔色の違う主君に用人はなぜと問わなかった。

「人を一人確実に殺せる刺客を雇えるだけだ」

「………」

用人が沈黙した。

「いくらあればいい」

黙った用人を松平主馬が急《せ》かした。

「賢治郎さまでございまするか」

「言うまでもあるまい」

あっさりと松平主馬が認めた。

「すでに無頼は手配いたしておりまするが……」

「そのような輩ではなく、確実な刺客をだ」

「刺客でございまするか……」

用人が困惑した。

「主命である」

難しい顔をした用人を、松平主馬が抑えこんだ。

「承知致しましてございまする。その代わり、すべてをお任せ願えまするか」

主命を持ち出されては終わりであった。用人が肚《はら》をくくった。

「かならず成果をもたらせ」

「つきましては、お願いがございまする」

用人が松平主馬を見つめた。

「申せ」

「この一件が片付きましたならば、お暇をちょうだいいたしたく」

「…………」

無言で松平主馬が用人を見下ろした。

「そなたも余を見限るか……」

「…………」

言葉なく用人が頭を垂れた。

「わかった。どこへなといくがよい」

松平主馬が認めた。

「ありがとうございまする。では、手配がございますので、これにて」

用人が松平主馬の前を下がった。

徒目付が動いたことは、すぐに明屋敷伊賀者の知るところとなった。いや、報された。

「こちらに波及させてくれるな」

桜田御用屋敷に順性院警固のためとして派遣されている御広敷《おひろしき》伊賀者から注意を受けたのだ。

「もともと一つであったとはいえ、今は違う。そちらの馬鹿に巻きこまれるつもりはない」

冷たく御広敷伊賀者は告げた。

四つに分かたれた伊賀者だが、婚姻や養子縁組などは組内でしかおこなわないとの慣習もあり、まったくの他人というわけではなかった。

ただ、その属する組で待遇に大きな差がありすぎた。

もっとも悲惨なのは、小普請《こぶしん》伊賀者であった。江戸城も建って八十年を過ぎ、いろいろなところに破損が出てきた。また、初代、二代、三代と増改築を繰り返した無理もある。毎日毎日、どこかの修繕をしなければならない。大工、左官のまねごとでは、武士という矜持《きょうじ》も保てないうえ、禄も十五人扶持と本禄さえ与えられていなかった。

次が明屋敷伊賀者である。禄は残りの山里伊賀者、御広敷伊賀者と同じ三十俵二人扶持を与えられているが、仕事が仕事である。「鼠番《ねずみばん》」と陰口を叩かれていることからもわかるように、人の住んでいない屋敷の風通しや修繕では、武士と胸を張れなかった。そして、たちの悪いことに、小普請伊賀者の子供は小普請伊賀者に、明屋敷伊賀者の息子は明屋敷伊賀者になるのだ。他の伊賀者になれないわけではないが、まず異動はない。誰もそんな境遇に落ちたいと思わないのだ。よほどのことがない限り、明屋敷伊賀者が御広敷伊賀者になることはなかった。

「徒目付など怖《おそ》れるにたらぬと考えているならば、認識をあらためるいい機会だぞ」

「我らが手出しと示す証拠などない」

助言する御広敷伊賀者へ、明屋敷伊賀者山吹が嘯《うそぶ》いた。

「証拠など要《い》るのか。相手は目付だとわかっているのか、おぬし」

御広敷伊賀者があきれた。

「うっっ」

山吹が詰まった。

「目付に要るのは、己の手柄となる事柄だけ。黒鍬者が何人死のうとも、目付に影響が出ないのなら、全滅しても動くまい。だが、黒鍬者がいなくなれば、通行を巡っての争いが起こる。その責は目付に来る。それを防ぎ、同時に黒鍬者を害した下手人を捕らえて手柄とする。一挙両得だ。もっともできなかったときの用心に、徒目付へ丸投げしたのだろうが、忘れてはくれぬぞ。出世の糸口になるやも知れぬのだからな」

目付を甘く見るなと御広敷伊賀者が諭した。

大奥とのつきあいが深いだけに御広敷伊賀者は、役人の怖さをよく知っていた。己の身に及ばなければ動こうとさえしないが、一旦、かかわるとなれば、今までの緩慢さはどこへやらとすばやく変わる。

「忠告はした」

返答を求めず、御広敷伊賀者は消えた。

「……どうするか」

御広敷伊賀者が跳びあがった屋根を見ながら、山吹は思案した。

「八人で二十四両か」

一両あれば一家四人が一カ月生活できる。明屋敷伊賀者のうち、黒鍬者を殺す手伝いをした者だけで分ければ、結構な金額になった。

「これで手を引くか。それとも……」

　山吹が悩んだ。

「二十四両など、借財にも足らぬぞ」

　借財を減らせるだけでも十分なのだが、人というのは欲深いものである。借金を清算したうえで、さらなる余裕が欲しくなる。

「あの殺しかただ。すでに忍の仕事と知られているだろう。やりにくくなったのは確かだ」

　独りごちた山吹が腕を組んだ。

「仕事の難しさがあがったならば、報酬もそれに見合うよう、上げてもらわねば合わぬ」

　山吹が立ちあがった。

「何用だ」

　訪れた山吹へ、山本兵庫が不機嫌な顔をした。

「あれからまったく増えていないではないか」

　黒鍬者への攻撃が止まったことを、山本兵庫が咎めた。

「目付を頼りおった、黒鍬者が」

現状を山吹が語った。

「……また、目付か」

嫌な顔を山本兵庫がした。

「やりにくくなった。三両では合わん」

山吹が値上げを要求した。

「五十両だそう」

「えっ」

山本兵庫が提示した金額に、山吹が驚愕した。

「そのうえ、これで終わりにしてくれる」

「まさか、館林さまを害しろと言うのではなかろうな」

山吹が警戒した。

「できるのならば、百両、いや二百両出してもいいぞ。重代の家宝と屋敷を売ってでも工面する」

「やれるわけなかろう。将軍の弟だぞ。黒鍬辺りとは話が違う。ばれれば、一族郎党磔《はりつけ》だ」

金なら何とかすると言う山本兵庫へ、山吹が強く首を振った。

「残念だな。できれば、旗本にしてやったものを」

惜しいと山本兵庫が加えた。

「誰を殺すのか、さっさと言え」

山吹がいらだった。

「……伝を殺せ。館林に入れてある女細作から通達があった。あの女は、まだ館林の側室にはなっておらず、黒鍬者の娘でしかない。表向きの話だがな。それで十分であろう。伝を殺されても、館林はなにもできぬ。動けば、五摂家からの嫁入りはなくなるからな」

山本兵庫が告げた。

「……しばし考えさせてくれ」

猶予を求めるしか、山吹にはできなかった。

第五章　寵臣の反撃

一

噂は一人歩きする。

賢治郎に二千石の加増があるという話は、いつのまにか城内で知らない者がいない状況となった。

「深室、引き継ぎをいたしておけよ」

登城して下部屋に入った賢治郎に、小納戸《こなんど》組頭がいきなり言った。将軍の身の廻《まわ》りの世話をする小納戸には宿直番《とのいばん》がある。月代御髪《さかやきおぐし》係という将軍起き抜けの所用を担当するため、日の出前に登城する賢治郎よりも早く江戸城に組頭がいたのは、そのせいであった。

思いもしていなかった言葉に、賢治郎は唖然《あぜん》とした。

「なんのことでございまするか」

賢治郎は問い返した。

「小納戸から転じていくのだろう」

組頭が告げた。

「いいえ。そのようなお話はございませんが」

「そうなのか」

今度は組頭が驚いた。

「加増があると聞いたが。それも小納戸には過ぎたるものだと」

組頭が述べた。

「…………」

大きく賢治郎は嘆息した。

「加増のお話など、上様からいただいておりませぬ」

「いや、たしかに聞いた。まだ内意で表に出せぬかも知れぬが、手続きもある。儂《わし》にだけでも明かしてくれ」

組頭が賢治郎を見た。

「ございません」

きっぱりと賢治郎は否定した。

「そんなはずは……」

「どこでお聞きなされましたか、お話を。わたくしではなく、上様のお名にもかかわりまする。きっちりと調べねばなりますまい」

賢治郎は詰問した。

「いかん。上様のお目覚めの時刻だ。御座の間へ出向かねばならぬ」

そそくさと組頭は、下部屋を出て行った。

「……義父《ちち》か、兄か」

見送った賢治郎は、噂の出所を推測して嘆息した。

城中の噂は、家綱以外の耳に入る。

「阿呆《あほう》どもが」

阿部豊後守があきれた。

「出所は深室作右衛門あたりだろうが……」

深室家を出世させたいだけの作右衛門である。二千石の加増を受ければ、今の留守居番から、書院番組頭あるいは小姓へ異動できると喜び勇んで、周囲へ自慢したのだろうと、阿部豊後守でなくとも簡単に推測できた。

「しかし、噂には紀州家からの合力という部分が抜けている」

老中を長く続けていくためには、城中の噂をしっかり把握しておかなければならなかった。阿部豊後守は御用部屋坊主だけでなく、何人かのお城坊主を金で飼い、どのような噂でも耳に入れるように命じていた。

「わざと抜かしたか、それとも知らないか」

阿部豊後守が思案した。

噂をそのまま信じるようでは執政としてやっていけない。その噂の出所、意図、欠けているもの、増やされたものを判断して、気を止めるべきかどうかを決める。阿部豊後守は、そうやって長く老中を無事にこなしてきた。

「噂が出だしたのは、かなり前だ。それは最初深室が加増されるというものだった。

それが、ここ数日、深室が上様のお引き立てで小姓へ移るとなっている。なかには、側役《そばやく》へ抜擢《ばってき》されるというのもある。出てくる役目が変わるのは、噂の常だが……共通しているのは、深室の加増より、上様の引き立てに移ってきていることだ」

阿部豊後守はそこに意図を見つけていた。

「深室が、小姓や側役になるはずもない。あやつは、上様のお側から離れたくないだけの男だ。そして、上様には深室を離される気はない」

小姓や側役も将軍の側近ではあるが、月代御髪係のように二人きりとなるのは難しかった。身分の軽い小納戸とは違い、なにかと決まりごとが多く、今までのように近い距離で接するわけにはいかなくなる。

「かならず動くな、松平主馬が。馬鹿よな。嫉妬をするなとは言わぬ。人として避けられぬ感情である。余も経験した。松平伊豆守は本丸老中に残され、なぜ余は西丸老中へ移されねばならぬと家光さまをお恨みしたこともある。だが、嫉妬はなにも生まぬ。克己心に変わらぬ限り、負の感情でしかない。そこを理解し、賢治郎を盛りたてていれば、将軍寵臣《ちょうしん》の兄として、松平主馬も恩恵にあずかれたものを」

嘆息しながら阿部豊後守は、一人考え続けた。

「それを狙《ねら》ったか。松平主馬に賢治郎を害させ、上様を孤立させようと考えての噂……となれば、流したのは紀州頼宣」

阿部豊後守が思いあたった。

「迷惑な話だ。秀忠さまも浅かったの」

二代将軍のことを阿部豊後守は切って捨てた。阿部豊後守、松平伊豆守にとって、敬愛を捧げるべきは、二人を小身から引きあげてくれた家光のみであった。

「駿河を取りあげたいならば、頼宣の願いどおり、紀州ではなく大坂城と六十五万石をくれてやればよかったのだ。そうすれば、頼宣はますます図に乗ろう。次は副将軍の地位と百万石を狙ったであろうな。副将軍は、将軍に万一あったときのために設けられる職。家光さまはすでにお生まれであったのだ。秀忠さまが亡くなられても、将軍継嗣に問題はない。そうわかっていながら、副将軍を欲しがれば、謀叛《むほん》の意志と取れる。そう難癖をつけて、腹を切らせておけば、慶安の変もなかったし、今、家綱さまが苦労をなさることもなかった」

阿部豊後守は首を振った。

「甲府宰相綱重さまは子を作り、館林宰相綱吉さまが女を知った。上様にはまだ世継ぎがおられない。仮養子という形を取れと言い出す者も出ような」

仮養子とは、その名のとおり、とりあえずの跡継ぎである。万一のときに跡継ぎがなくては困るが、他に世継ぎができたとき、正式な養子を迎えていては、ややこしいことになる。当主が若く、将来、子を期待できるときなどにおこなわれ、主として弟や一門を仮養子とした。仮養子の利点は、いつでも反古《ほご》にできるところにあった。

血統を絶やしてはならない将軍家である。初代家康から四代家綱まで、前代の将軍の隠居、あるいは死を迎えても、とぎれることなく継承は続いた。わずかに三代将軍の座を巡って兄弟で争った過去はあるが、これも継承までに終焉《しゅうえん》している。波風は立っていない。

それは、直系継承だったからだ。

しかし、家綱には子どもがいなかった。

もし、今家綱が死ねば、誰が跡を継ぐかでもめるのはまちがいなかった。一応すぐ下の弟である綱重が有利である。が、綱吉を将軍にしたがっている者も少なくはない。すんなり五代将軍が決まるわけもなく、決着がつくまで将軍位が空《あ》く。外様《とざま》大名たちは牙《きば》を抜かれているが、浪人たちによる謀叛はありえる。世に溢《あふ》れている浪人たちの不満は、主家を取りつぶした幕府に向かっている。そして幕府の象徴こそ将軍なのだ。天下安寧のためにも、その将軍が決まらないという空白を作り出すわけには、いかなかった。

もちろん、家綱はまだ若く、子どもができないとはかぎらない。もう少し待てばと考えていたところに、弟が先に子を産ませてしまった。

「上様には大御所さまにお成りいただき、綱重さまを五代将軍とすれば、六代将軍に至るまで継承に抜かりはなくなる」

綱重に子ができたと聞いたとき、執政の一人が口走った内容である。阿部豊後守の一睨《ひとにら》みで沈黙し、それ以上言及しなかったが、これこそ、次代も権力者でいたいと願う老中たちの本音であった。綱重に恩を売り、そのまま執政の座にあり続けたいのだ。

「そのときに、上様の寵臣を引き離すような噂。将軍とはいえ、戦場も知らず、江戸城からほとんどでたこともない家綱さまはお弱い。寵臣を取りあげられることを怖《おそ》れられるあまりに、愚か者の言にのられかねぬ。大御所となれば、政《まつりごと》から離れられるので、思うがままに寵臣を側における。そう、上様へ囁《ささや》く不忠者を出す布石」

阿部豊後守は誰も居ない虚空を見つめた。

「面倒を押しつけおって。長四郎め」

幼名で呼びながら、松平伊豆守を阿部豊後守が罵《ののし》った。

「手配をしておかねばならぬな。坊主」

阿部豊後守が、手を叩いた。

「はい」

すぐに御用部屋坊主が、駆け寄ってきた。

「半井《なからい》典薬頭《てんやくのかみ》どのを、黒書院へ」

「ただちに」

御用部屋坊主が出ていった。

「長四郎、我らのような主君に仕える者は減ったな。皆、幕府に頭を下げ、家綱さまではなく、将軍という座に忠誠を誓う。たしかに、そうすれば楽だ。人は死んでも将軍はなくならぬ。人に仕えれば、その死とともに、己の忠誠も葬り去らなければならなくなる。地位に従えば、代々安泰。これは、忠義が俗にまみれたのか、家綱さまに人を惹《ひ》きつけるだけのお力がないのか」

周囲に聞こえないよう気を遣いながら阿部豊後守は続けた。

「生き残った儂の打つ手は正しいのかな、長四郎」

好敵手で親友だった松平伊豆守へ語りかけ、阿部豊後守が、肩を落とした。


将軍は多くの人に囲まれ、一人になるときはなかった。風呂はもちろん、厠《かわや》にも警固のため小姓が同行する。これは、忍を使った刺客を警戒してのことだったが、あきらかにやり過ぎであった。絶えず人が側に居る。生まれたときからそうであったため、家綱は気にしていないが、周囲は違った。

「上様のお耳に汚らわしきことを入れてはならぬ」

小姓たちは将軍を侵すべからずものとして扱い、腫《は》れものに触るようにしていた。

「なにかおもしろい話はないか」

八つ（午後二時ごろ）で老中たちは下城する。これを過ぎれば、将軍の政務も終わり、あとは夕餉《ゆうげ》まで自在にしてよかった。家綱が暇つぶしを所望した。

「さようでございますな。さほど上様のお耳に入れるほどのものはございませぬ」

小姓組頭が首を振った。

「そうか」

家綱がつまらなさそうな顔をした。

「……………」

小姓たちも沈黙した。

「いかがでございましょう。書見などなされては」

「四書五経も、六韜《りくとう》、三略も、もう飽きたわ」

勧める小姓組頭へ、家綱が眉《まゆ》をひそめた。

「では、将棋などは」

「またか。昨日も将棋であったではないか。なにか新しいものでもないのか」

家綱が不満を口にした。

「上様」

小納戸組頭が声を出した。

「なんじゃ」

「深室が婚姻をなすと聞きましたが、ご存じでございましょうや」

「ほう。家付き娘がおるとは知っていたが、とうとう賢治郎も嫁を迎えるか。いや、賢治郎の場合は婿《むこ》になるのだな」

興味があると家綱が身を乗り出した。

「その仲人を堀田備中守さまにお願いしたそうでございまする」

「備中にか」

家綱が驚いた。

「それは……」

「なんと」

小姓たちも息を呑んだ。

将軍側に仕えるとはいえ、小納戸の身分は低い。通常、小納戸の婚姻で仲立ちを頼むとすれば、組頭か一門の筆頭、がんばってつきあいのある小姓組頭、側役である。それが奏者番《そうしゃばん》という譜代大名が出世していく初等の役目とはいえ、はるかに格上の相手に頼んだのだ。いや、引き受けさせた。小姓たちが目を剝《む》くのも当然であった。

「いつおこなうか、知っておるか」

「いえ。まだ報《しら》せは受けておりませぬ」

家綱の問いに、小納戸組頭が首を振った。

「わかれば報せよ。いや、躬《み》が直接賢治郎に訊《き》く」

指示を家綱は撤回した。

「めでたいことだ。なにか祝いをやらねばならぬな」

独りごちるような家綱の一言が、城中の噂の裏打ちとなって拡がった。

「深室賢治郎の婚姻の祝いとして、上様は二千石をお考えらしい」

噂は合体した。

出だした時期を考えれば、この噂がまちがいだとわかるが、誰もそこに思いいたらなかった。あらかじめ流れていた賢治郎に加増の噂が、真実味を帯びた。

「婚姻までに殺せ」

噂を聞いた松平主馬が用人に厳命した。

「手配はできております る」

用人が応じた。

「つきましては、お呼び出しを願いまする」

「応じるのか、儂の呼び出しに」

松平主馬が疑問を口にした。

「でなければ、難しゅうございまする」

肚《はら》をくったのか、用人が言い返した。

賢治郎の行動は決まっていた。夜明け前に屋敷を出て登城し、昼過ぎに下城する。そのあとはほとんど屋敷からでない。

「登下城の際に襲えばよかろう」

「他人目がございまする。刺客たちは、顔を他人に見られるわけにはいきませぬ。顔を知られれば、今後に差し障ると」

用人が拒否した。朝早くとも登城する者は多い。他人目につくことを拒む刺客が嫌がって当然であった。

「わかった」

首肯《しゅこう》した松平主馬は、賢治郎宛に使者を立てた。婚姻の祝いに亡父多門の遺品を分けるゆえ、三日後の夜屋敷を訪れるようにとの誘いであった。

「行かれまするので」

三弥が懸念した。

「行かぬわけには参りますまい。それに父のものは、この脇差《わきざし》以外何一つ手元にございませぬ」

家綱のお花畑番として出た賢治郎に、亡父多門は脇差をくれた。将軍の側にあるお花畑番は、室内での戦いを想定するべきであるとして、太刀《たち》ではなく脇差を与えられた。それ以降、賢治郎はこの脇差を側から離したことはなかった。また、すべてを奪って松平家から賢治郎を放逐した松平主馬もこれだけは取りあげられなかった。

「大事ございませぬ。わたくしを招いたのは兄でございますれば、なにかあれば疑われるのも松平家。そこまでするほど愚かではありますまい」

賢治郎は家綱の寵臣《ちょうしん》である。寵臣を害されて、黙っている主君はない。賢治郎は三弥を抑えた。

二

神田館は江戸城内廓にある。その大きさは一万八千坪に近い。館の作りは江戸城に倣《なら》って、表、中奥、奥に分かれていた。江戸城の濠《ほり》と高い塀に守られ、外からの攻撃には強かったが、なかからの侵入にはまったく防備が考えられていなかった。

「今宵《こよい》はいかぬのか」

綱吉が拗《す》ねた。

「畏《おそ》れ多いことでございますが、お伝の方さまに障りが」

奥女中が平伏した。

「障りなど、余は気にせぬ」

「殿のお身体《からだ》が、汚れますゆえ」

「伝の身体に汚れなどないわ」

「………………」

主君の言葉に、奥女中は黙るしかなかった。

見守っていた桂昌院が間に入った。

「女には月に七日ほど、身体に障りが訪れまする」

「宰相さま」

「母上に言われずとも存じておりまする」

すでに伝を抱き始めて数カ月になる。綱吉も月の障りが、女には毎月あるとわかっていた。しかし、我慢できないのだ。女の身体を知ったばかりの若い男の欲望に際限はない。

「その間、無理を致しますと、伝が病みまする」

「それはいかぬ」

愛妾に影響が出るという、母親の説得に綱吉が焦った。

「開けしだい、殿にお報せいたしますゆえ、しばしのご辛抱を」

「ううむ。わかった」

不満そうな顔ながら、綱吉が首肯した。

「いかがでございましょう」

奥女中が発言した。

「お伝の方さま以外に、お気に召した女をお呼びになられましては」

「それはよい考えじゃの」

桂昌院が同意した。徳川の血を引く者の義務として、できるだけ多くの子を作らなければならない。一人の愛妾は、一年に一人の子供を産むのが精一杯である。女は多ければ多いほどいいのが、徳川の一門であった。

「伝以外の女か」

もう一つ綱吉が気乗りしなかった。

「なにかございましたので」

「伝がの、他の女を召してくれるなと頼みおるのだ」

「まあ」

「…………」

頰《ほお》を染めて奥女中がのろけに照れ、桂昌院が黙った。

「残念だが、今宵は我慢いたそう。伝に大事にいたせとな」

「お心遣い、かならず伝えまする」

奥女中が一礼して下がっていった。

「宰相さま、中奥へお帰りを」

「うむ。伝とおれぬのならば、中奥で書見でもする」

綱吉も神田館奥から去っていった。

見送った桂昌院が、表情を厳しくした。

「言わねばならぬな」

桂昌院が、伝のもとへと向かった。

「始まったようだ。匂う」

神田館の奥、天井裏に伊賀者が二人、五日前から忍んでいた。

「ようやく、一人で寝てくれるか」

小さく山吹が笑った。

「あきもせず、毎晩同じ女ばかり抱けるの」

伊賀者が嘆息した。

「若いということだな」

「では、今夜やるということでいいな」

「うむ」

確認する配下に、山吹がうなずいた。

「重いようだな。もう、夜具を用意しているぞ」

下での動きは、わざわざ見なくとも音だけでわかる。山吹が伝の就寝を感じた。

「用意を」

「承知」

指示に配下が懐《ふところ》から細い糸と竹の枝を使った筒を取り出した。

「毒は大丈夫だな」

「……うむ」

竹筒から指へ垂らした水滴を嘗《な》めた配下が、顔をしかめた。

「舌がしびれる。河豚《ふぐ》の毒はきつい」

配下がなんども舌を布でこすった。

「毒が効かぬ修行を積んだとはいえ……」

「それも忍じゃ」

山吹がたしなめた。

忍《しのび》は物心ついたころから、少しずつ毒を摂取することで、耐性をあげていく。もちろん、量をまちがえたり、耐性がなかったりで死ぬ子供もいる。だが、これを生き抜かねば、一人前の忍とはいえなかった。

「待て……誰か来る」

あらかじめ開けてあった天井板の穴へ、糸を垂らそうとした配下を山吹が止めた。

「いやるか」

声はかけたが返答を待たずして、桂昌院がお伝の方の部屋へ入ってきた。

「これはお方さま」

寝る用意をしていたお伝の方が、あわてて出迎えた。

「体調はどうであるか」

「お気遣いをありがとうございまする。多少熱っぽく、怠《だる》い感じは致しておりまするが、いつもと同じでございますれば、五日もあれば御用に応じられるかと」

お伝の方は答えた。

「それは重畳《ちょうじょう》」

「あのなにか、わたくしがいたしましたのでございましょうや」

桂昌院のきつい口調に、お伝の方がおずおずと訊いた。

「伝、そなた女がもっとも醜くなるのは、どのようなときか、存じておるか」

「寝顔でございましょうか」

問われたお伝の方が答えた。

意識がある間は、男を意識して女は己を装っている。それこそ、茶を飲むとき、さりげなく髪に触れるときでさえ、どのように男の目に映るかを考えている。そう、すべて計算された媚《こ》びであった。しかし、眠りは別であった。口を開けてよだれを垂らすどころか、鼾《いびき》をかくこともある寝顔は、意識の外にあり、決して見栄えのよいものではなかった。

「いいや。寝顔は問題ない。日頃と違った油断しきった表情は、男の心を安堵《あんど》させる。己にしか見せないものとしてな」

女としては先輩である。桂昌院はお伝の方の答えに首を振った。

「……わかりませぬ」

ようやく女になったばかりのお伝の方が、降参した。

「嫉妬している顔じゃ」

愚か者に寵姫《ちょうき》は務まらない。お伝の方が気づいた。

「……あっ」

「思いあたったか」

一層きつい目で桂昌院が睨んだ。

「宰相さまに向かい、お願いをするだけでも僭越《せんえつ》であるに、他の女を近づけるななどと強請《ねだ》るなど、論外である」

「申しわけございませぬ」

お伝の方が謝った。

「そなたの身体のつごうを宰相さまへ押しつけるなど、寵姫としての素質にかける。容認できることではない。ただちに荷をまとめよ」

　桂昌院の怒りは大きかった。

「どうぞ、お許しを」

「いいや、ならぬ。なにより、もうそなたでなければならぬわけではない。女に興味を持たなかった宰相さまをお誘いするまでが、そなたの役目である。一度女を知られれば、宰相さまとて、若い男《おのこ》。ご辛抱はなされぬ。すぐに新しい女をお求めになられるであろう」

「そんな……」

　蒼白《そうはく》な顔色で、お伝の方が力なく手を突いた。

「安心せい。宰相さまの寵愛《ちょうあい》を受けた女を放逐はできぬ。放逐して他の男に抱かれでもしては、宰相さまの名折れ。そなたは、今宵より妾の付き人として、生涯飼い殺しにしてくれる。もちろん、二度と宰相さまの目につかぬところでな」

「…………」

　お伝の方が言葉を失った。

「黒鍬者《くろくわもの》も、そなたも遣えぬ。身分低い者を殿のお側に置いておく意味がなくなった」

無慈悲な言葉を桂昌院が続けた。

「黒鍬……実家だけはお許しを」

慌ててお伝の方が願った。

「安心いたせ。なにもせぬ。ただ、当家との縁を切り、なにもない黒鍬者に戻るだけだ」

「……ああ」

お伝の方が、愕然《がくぜん》とした。

貧しく身分の低い黒鍬者にとって、綱吉の手がついたお伝の方は希望であった。その希望が潰《つい》える。お伝の方は気を失いかけた。

「しっかりせぬか。情けない」

桂昌院が叱りつけた。

「申しわけございませぬ。申しわけございませぬ」

両手を突いてお伝の方が詫《わ》びた。

「心得違いがわかったか」

「はい。心に染みましてございまする。これからはすべてお方さまの指示にしたがいまする」

お伝の方が平伏したままで応えた。

「ならば、今回だけ許してやろう」

「……お方さま」

勢いよくお伝の方が顔をあげた。

「ただし、そなたに局《つぼね》はまだ早い。今宵より吾《わ》が局で寝起き致せ。宰相さまのお召しあるときだけ、ここを使ってよい」

「はい」

逆らえば、生涯の日の目はあたらない。すぐにお伝の方が従った。

「……少しは見所があるな」

桂昌院が険しかった眉を少しだけ緩めた。

「夜具などはある。身の廻りのものだけでいい。手早くいたせ」

「承知いたしました」

お伝の方が用意を始めた。

「まずいな」

天井裏で山吹が苦い顔をした。

「桂昌院の局はわかっているが、また気を窺《うかが》いなおさねばならぬのは面倒だ」

「だの」

配下の伊賀者が同意した。

「やるか」

「桂昌院が邪魔だな。桂昌院をやれとは言われておらぬ」

山吹が逡巡《しゅんじゅん》した。

「ためらっている場合ではないぞ。またの機会はもうないかも知れぬ」

決断を配下の伊賀者が迫った。

「……よし。殺《や》る」

迷いを吹っ切るように山吹が言った。

「すべてで四人。女ばかりだ。さして難事ではあるまい」

伊賀者がうなずいた。

「行くぞ」

「おう」

二人が天井板を踏み破ろうと足を上げた。

「やめておけ」

山吹の後頭部に冷たいものが当てられた。

「な、なにっ」

「静かにしろ。下に気づかれる」

後ろの声が山吹に命じた。

「いつのまに……」

山吹が啞然とした。

「妾だけなら、見逃したのだが、桂昌院さまはちと困る」

「御広敷伊賀者か」

「…………」

答えが返ってこないのが、正解を示していた。

「なぜだ。順性院さまのときは、見逃したはずだ」

先日順性院が乗った駕籠《かご》が濠《ほり》に落とされた。それを山吹が指摘した。

「だからだ。あれがなければ、我らが神田館へ出張《でば》ることなどなかった。順性院さまに続いて桂昌院さまが襲われてみろ。御広敷伊賀者の意味が問われるわ」

御広敷伊賀者が告げた。

「ちっ」

山吹が舌打ちした。

「…………」

配下の伊賀者の右手が少し動いた。

「止《や》めておけ。おまえの後ろにもいる。背後を取られるまで、我らに気づかなかった。それだけでわかるはずだ。明屋敷伊賀者は御広敷伊賀者に及ばぬとな」

「……くっ」

言われて配下の伊賀者が脱力した。

「どうやら、下は移動したようだ」

いつのまにか、お伝の方の局から人の気配が消えていた。

「一つだけ忠告しておこう。愚かなまねはするな。わずかな金で明屋敷伊賀者を潰《つぶ》すことになるぞ。このまま上様にお子さまがなく、甲府さまが五代さまになれば、明屋敷伊賀者は終わりだ。どころか、伊賀者が滅ぼされる。我らとしても巻きこまれてはかなわぬのでな。喰《く》いかねるとはいえ、禄があるのだ。また桂昌院さまに手出しをするようなまねをするならば、明屋敷伊賀者を根絶やしにする」

重い声で御広敷伊賀者が宣した。

「そんなことができるはずなどない」

山吹が否定した。

「明屋敷伊賀者の顔を一々誰が覚えているのだ。おまえたちを全滅させた後、穴埋めに我らの家の厄介者を送りこめばすむ」

厄介者とは、家督を継げなかった当主の弟たちのことだ。養子口を見つけられなければ、生涯兄の家で、奉公人として生きていくしかない。朽ちるだけの生涯を送るくらいならば、明屋敷伊賀者になり代わるほうがいいに決まっていた。

「…………」

あっさりと言い切られて、山吹が黙った。

「黒鍬者だけで我慢しておくか、用人と手を切ることだな。さあ、帰れ」

御広敷伊賀者が小さく笑った。

「組頭……」

「戻るぞ」

問うような配下に、そう言って山吹がゆっくりと動いた。一間《けん》（約一・八メートル）ほど進んで、振り返った山吹は絶句した。

「いない」

山吹が震えた。

「勝負にならぬ」

後ろに立たれていたのだ。ずっとそちらに気を配っていた。それでいて消えたのに気づかなかった。腕の差を思い知らされた山吹が息を吐いた。

「どうするのだ。用人さまから金をもらったのだろう」

神田館を出たところで、配下の伊賀者が尋ねた。

「金を返すしかあるまい」

「もう遣ってしまったぞ」

明屋敷伊賀者の生活はかつかつである。借財も少なくない。臨時に入った現金は、右から左とすぐに消えていた。

「待ってもらうしかないな。それでもと言われたところで、ない袖《そで》は振れぬ。なにより、向こうも表沙汰《おもてざた》にできぬのだ」

「それはそうだが、そのままではすむまいぞ」

「罵られたところで、死ぬわけではない。桂昌院さまに警固の御広敷伊賀者がついたと言えば、それ以上大事にはできまい。御広敷伊賀者は留守居さまの支配だ。留守居さまに順性院さま付き用人が、桂昌院さまを狙ったと報告されれば、身の破滅だ」

危惧《きぐ》する配下に、山吹は開き直ってみせた。

「脅すか」

配下の伊賀者がなんとも微妙な顔つきをした。

三

三日後、呼び出された賢治郎は一人、生家である松平家を訪れていた。

「ご無沙汰をいたしておりまする」

賢治郎はまず、亡父多門の正室景瑞院のもとへ挨拶に出向いた。

「健勝そうでなによりですよ」

景瑞院が微笑《ほほえ》んだ。

早くに生母を失った賢治郎を、景瑞院は哀れみ、手ずから育ててくれた。賢治郎にとって景瑞院は母といえる相手であった。

「婚姻をなすそうですね。祝いを言いまする」

「かたじけのうございまする」

賢治郎は頭を下げた。

「話はいくらでもあるけれども、あまり主馬どのを待たせてはよろしくないでしょう」

「はい」

景瑞院の気遣いに、賢治郎は素直に従うことにした。

「では、これにて。お身体をお愛《いと》しみくださいますよう」

「あなたもね」

賢治郎の言葉に、景瑞院が返し、二人の会話は終わった。

「遅い」

隠居所から屋敷へ移った賢治郎を、不機嫌な松平主馬が迎えた。

「申しわけございませぬ」

抗《あらが》わず、賢治郎は謝った。

「ふん。今から偉くなったつもりのようだが……深室など、松平に比べれば、もののかずでもないということを忘れるな」

「心しておりまする」

松平主馬の嫌みを賢治郎は流した。

「くっ」

一層、松平主馬が頬をゆがめた。

「亡父の形見をお分けいただけるとのお話でございましたが、かたじけなくお礼を申しまする」

先に賢治郎は感謝しておいた。

「……うむ」

下手に出られては文句がつけにくくなる。松平主馬がうなずいた。

「父が遣っていたものは、すべて松平家が受け継いでいくのが当然である。しかし、妾腹という卑しい身ながら、そなたも我が父の血を引く者には違いない。よって、これをくれてやる。おい」

ふたたび嫌がらせを口にした松平主馬が控えていた用人へ合図した。

「はっ」

用人が太刀を載せた三方を、賢治郎の前へ置いた。

「先代さま、お差し替えの太刀でございまする」

「……父の刀」

記憶にない赤鞘《あかざや》の太刀に賢治郎は首をかしげた。

「日常お遣いであったものは、松平家重代の家宝だ。それをやれるわけなかろう。それは父が若いころに差していたものだ」

松平主馬が言った。

「さようでございましたか。では、遠慮なく」

一礼して、賢治郎が太刀を手にした。

「これでよいな。もう、二度と屋敷の門を潜《くぐ》るな」

犬を追うように松平主馬が手を振った。

「……では、ごめんを」

一瞬、苦い顔をしたが、賢治郎は文句も言わず、松平家を出た。

賢治郎が潜り門を出て行くのを見てから、松平主馬が用人の顔を見た。

「これでいいのだな」

「はい。では、これにてお暇をつかまつりまする」

用人が松平主馬へ一礼した。

「長らくお世話になりました」

「ああ。今後は当家にかかわることのないようにいたせ」

別れを告げる用人へ、松平主馬が冷たく述べた。

「二度とお目にかかることなどございませぬ。そちらさまもわたくしの後を決して追われませぬように」

用人が念を押した。

「さっさと出ていけ。そなたはもう当家と無縁だ」

「わかっておりまする」

後も見ずに、用人が出ていった。

「ふん。愚かな。当家の勘定を誰が握っていたと思う。金蔵の鍵を持っていたのは儂だ。この日を待って出入りの商人たちに預けておいた金は五百両をこえる。ちょっとした家を買って、生涯遊ぶこともできるな。いや、御家人の株でも買うか。儂の器量ならば、すぐに旗本へなれるだろう」

鼻先で用人が笑った。

「主家より出世して、呼び捨ててやるのもいいな。これ、主馬、そこへなおれ……か」

笑いを暗いものに変えながら、用人が闇のなかへ消えた。


松平家を後にしたとき、すでに江戸の町は暗くなっていた。

「遅くなったな」

門限はすでに過ぎているが、賢治郎はまだ当主ではない。門限までに戻らなかったからといって、幕府からの咎《とが》めはない。あっても当主からの叱責《しっせき》だけである。それも松平主馬からの呼びだしとして、義父作右衛門の許可も取っていた。問題はない。だからといってのんびりと帰るわけにはいかなかった。賢治郎が戻るまで、決して三弥は寝ないのだ。何度となく命の危険をくぐってきた賢治郎のことを三弥が心配している。賢治郎は、それがたまらなくうれしく、心苦しかった。

賢治郎は小走りに近い早足で進んだ。

月夜だったことが幸いした。

「うん……」

月を前にした賢治郎は、己に向かって伸びている松の木の陰に違和を感じて足を止めた。松の木の陰、そのなかほどが異様に膨れていた。

「…………」

影が動いた。賢治郎は嫌な予感で、左へと身を移した。

「……なんだ」

風音を立てて、賢治郎の右をなにかが過ぎた。それを目で追う愚を賢治郎は犯さなかった。なんども襲われているうちに、一カ所に留《とど》まる危険を賢治郎は学んでいた。

賢治郎は足を止めず、近くの屋敷の壁に張り付いた。

「矢……」

そこで地に落ちたものを賢治郎は確認した。

「大弓か」

刺さっている矢は、短弓という持ち運びに便利な小型のものではなく、戦場で遣われた大弓のものであった。

大弓は連射で短弓に劣るものの、その射程距離、貫通力などでは圧倒している。

「一所《ひとところ》に留まってはまずい」

壁を背にしても、三方は空いている。

弓は間合いが遠い。大弓ともなるとそれこそ十数間（二十メートル以上）離れたところからでも、十分致命傷を与えられる。相手を見つけたからといって、うかつに近づくことはできなかった。

「…………」

賢治郎は走った。

すぐに矢が飛んできた。

「二人か」

違う方向から矢が飛んできた。

「後ろ。逃げ道も塞《ふさ》がれた」

大弓にも限界はある。届かないところまで逃げれば、弓矢はまったく意味をなさなくなる。だが、それをさせてもらえなくなった。

「後ろは短弓のようだが、面倒な」

射程と威力に劣る短弓だが、連射性能は優《まさ》る。鎧《よろい》兜《かぶと》を身につけているならまだしも、生身では防げない。

「どうする」

他家の門柱を盾にしながら、賢治郎は思案した。

「相手の矢が尽きるまで待つ……」

矢は繊細なものであった。芯となる竹と矢羽根が、きっちりしていないと、的にはあたらなかった。練習で使われる藁束《わらたば》や、やわらかい土に刺さったものならばまだしも、外れて地をこすった矢などは、矢羽根がずれたり、竹が曲がったりして使えなくなる。

「どれだけ用意しているか、わからぬ」

待ち伏せしたのだ。準備は怠りないと考えるべきであった。

「主馬め」

今宵、ここを賢治郎が通ると知っているのは、松平主馬と深室作右衛門の二人だけである。紀州頼宣から賢治郎個人への褒賞だと二千石加増の条件を知っている深室作右衛門が、漏洩《ろうえい》させるはずはなかった。賢治郎が死ねば、二千石の話も消える。残るは松平主馬しかいなかった。賢治郎はもう兄とは言わなかった。

「近づけ」

弓を相手にするには、刀の間合いまで近づかなければならなかった。賢治郎は、己が寄るのではなく、相手から来させることにした。

「……………」

一瞬、門柱から姿を現した賢治郎は、脱兎《だっと》の如《ごと》く走り、辻《つじ》へと飛び込んだ。

「ふうう」

その間に、長弓一本、短弓二本が放たれたが、幸い当たらなかった。

「これで見えなくなったはずだ」

前後を挟まれていた。そこから右へと逃げこんだ。両方を武家屋敷に挟まれた辻である。弓の射手も移動しない限り、賢治郎を攻撃できなくなった。

「言うとおりだなあ」

辻の奥から、感嘆した声が聞こえた。

「なにっ」

驚愕《きょうがく》した賢治郎の前に、辻の奥から浪人者が姿を現した。

「前後から弓で追われれば、ここに逃げこむしかないと前埜《まえの》が言ったが……見事なものだ」

浪人者が太刀を抜いた。

「何者だ」

「仮の名前だが、市山《いちやま》と言う。見知りおいてくれ。もし、刺客の御用があれば、格安でお受けする」

市山が淡々と述べた。

「誰に頼まれた」

「依頼主の名前は聞かないのが流儀でね。その代わり、金は前渡しでもらう」

手にしていた太刀を右手だけで市山が振りあげた。

「拙者《せっしゃ》を小納戸深室賢治郎と知ってのことか」

「名前なんぞは知らない。ただ、あの屋敷から出てくる若侍を殺してくれとの話」

市山が間合いに入った。

「無駄話をしている暇はあるのか。背中を弓で射られるぞ」

「……っっ」

賢治郎は息を呑んだ。

「では、仕事に入らせてもらおう」

振りあげた太刀を市山が振り落とした。

「…………」

足運びでかわした賢治郎は、手にしていた父の太刀を抜いた。

「ほう」

構えた賢治郎を見た市山の目が細められた。

「旗本など刀の持ちかたも知るまいと思っていたが……かなり遣うな」

「おう」

大きく踏みこんで、賢治郎が市山へ斬りかかった。

「……こいつ。口をきいた隙《すき》を見逃さない、思い切った踏みこみとためらいのない一撃。人を斬《き》ったことがあるな、おまえ」

市山の表情が変わった。

「たかが旗本に弓二張りと剣一振りを用意するなど、用心深い依頼主だなと思ったが……」

言いながら市山が、片手で薙《な》いだ。

両手で柄《つか》を持てば、刀の動きは両肩によって規制を受ける。しかし、片手だけならば、持ち手の肩を前へ突き出すことで、切っ先はぐっと伸びる。

「なんの」

伸びる分を予想して、賢治郎は後ろへ飛んだ。

「やるな。だが、引いたら終わりだ」

かわされると読んでいたのか、市山がしっかりついてきていた。

「やあ」

市山が片手の剣で袈裟掛《けさが》けを送ってきた。

「くっ」

食いこまれた賢治郎は、避けられず太刀で受けた。

ていた。

「あっ」

市山が一瞬動きを止め、賢治郎は呆然《ぼうぜん》とした。父の形見の太刀が、真ん中から折れていた。

「残念だな」

すかさず市山が二の太刀を繰りだしてきた。

「…………」

その勢いに賢治郎は吾《われ》に返った。折れた太刀を惜しげもなく、市山目がけて投げつけた。

「くそっ」

もう少しで賢治郎へ届く太刀を、引き戻して市山が賢治郎の投じた得物《えもの》を弾《はじ》いた。

「よく止めた……うん」

刺客は武士ではない。武士ならば、命を賭して任を果たさなければならないが、刺客は別であった。もちろん、刺客も依頼を遂行しなければならない。失敗すれば、次の仕事が来なくなる。だが、それは、己が生きていての話なのだ。目標と相打ちになっては、刺客で得た金を使えなくなる。刺客などという、人に言えない職に身を落としたのは、生きていくためなのだ。いかに、依頼とはいえ、命を賭ける気はない。

「生意気な」

初めて市山が感情を露《あら》わにした。

「えいっ」

己の太刀の鯉口《こいぐち》下に手を掛け、賢治郎は前へ出た。

「甘いな」

市山が迎え撃った。手にしていた太刀を、槍《やり》のようにまっすぐ賢治郎へと突き出した。切っ先は近づいてくる賢治郎の胸へ吸いこまれるように向かっていた。

「手こずらせやがって」

勝利を確信した市山が、口をゆがめた。

鞘ごと太刀を腰から外した賢治郎は、鞘走らせることなくそのまま前へ押し出した。

手元に衝撃が伝わった。

「馬鹿な……」

市山の切っ先が、賢治郎の鐔《つば》に当たって止まった。賢治郎の太刀の鐔は、無骨な厚い鉄板に、重量軽減のための穴が左右に開けられただけの簡素な造りのものだ。市山の切っ先はその穴に食いこんでいた。

「離せ……」

手元へ戻そうと得物を引く市山に合わせて、賢治郎は太刀を前へ出した。

「じゃまをするな」

なんとかしようと動かしていた市山が、一向に離れない賢治郎へ怒った。

「……………」

賢治郎は答える余裕もなかった。予測できない相手の動きに遅速なく合わせられなければ、半間（約九十センチメートル）ほどの間合いで、敵の太刀を自由にしてしまう。それは避けられない死を意味していた。

「面倒な」

ついに市山の辛抱が切れた。市山が手に入れた必至の間合いを捨て、後ろへ下がった。

「おう」

これを賢治郎は待っていた。躊躇《ちゅうちょ》なく太刀の柄を握り、追うように足を踏み出しながら、抜き撃った。

「しまっ……ぎゃ」

後悔を市山は最後まで言えなかった。賢治郎の切っ先が市山の腹を裂いた。

「……」

勢いのまま、賢治郎は市山を過ぎ、その身体を盾にした。

「ぐっ」

市山の身体に短弓の矢が刺さった。絶命した市山が脱力するのを、賢治郎は左手で支えた。

「ちっ」

路地の端で舌打ちがした。

「前埜」

「少し待て。逃がすなよ、崎川《さきかわ》」

話し声が賢治郎まで聞こえた。

「急げ」

そう言って崎川が短弓を放った。が、すべて市山の身体に刺さるだけで、賢治郎へは届かなかった。賢治郎は重い市山の身体を前にしながら、少しずつ間合いを詰めた。

「待たせた」

もう一つの影が、路地の入り口に湧いた。

「さっさとしろ。市山がやられた」

「それは……」

前埜が少し驚いた雰囲気を出した。

「あれだけの遣い手を補充するのは、難しい。やり方をかえねばならぬな」

言いながら前埜が、大弓を引き絞った。

「…………」

鎧武者を貫くのだ。人の身体など盾にならない。賢治郎は息もせずに前埜の指先を見つめた。

「射貫《いぬ》け」

前埜が叫び、右手を開いた。弦が音を立てた。

「……はっ」

その瞬間、賢治郎は市山の身体を前へ突き飛ばし、己は地に伏した。賢治郎の胸のあったあたりを弓が通り過ぎた。

「市山」

「ちいっ」

瞬間、二人の目が死んだ仲間へ向いた。

賢治郎は右手にしていた太刀を、薙ぐようにして投げた。続いて脇差を抜き、飛び起きて走った。

「ぎゃっ」

見にくい足下を飛んできた太刀に、前埜が臑《すね》を打たれた。刃《やいば》ではなく、峰の部分だったのは幸いだったが、肉の薄い臑である。鉄の塊である太刀をぶつけられてはたまらない。前埜は前屈《まえかが》みになった。

「やあぁ」

低くなった前埜の顔を、賢治郎は脇差で斬った。

「ぐわあ」

両目を斬られて前埜が絶叫した。

「こいつめ」

あわてて崎川が短弓をつがえた。

「外すか」

距離は三間もない。賢治郎が近づくまでに、短弓は放てる。崎川が弓を放った。

「ぬん」

弓の射線は曲がらない。まっすぐに飛んでくるだけである。賢治郎は崎川の矢の軌道を予測していた。賢治郎は身体を左に開きながら、手にしていた脇差を小さく、上から下へと振った。

「…………」

手応えがあり、足下に矢が落ちた。

「馬鹿な」

崎川が呆然とした。三間もない間合いで矢を防がれたのだ。外すはずのない間合いで、絶対の自信が崩れた。

「……あっ」

賢治郎に迫られた崎川が、弓を捨て太刀の柄へと手を伸ばした。

「させるか」

すでに間合いは二間を切っていた。賢治郎は脇差を下段から跳ねさせた。

「ふん」

崎川がそのまま太刀を抜こうとした。

「えっ……」

大きく振った右手の先がなかった。刃先の鋭い日本刀は、拍子が合えば手応えさえなく相手を斬る。当然、斬られたほうも気づかない。

「……手が」

状況を理解した崎川が啞然とした。

「ま、待ってくれ」

「生かしておいてはまた、同じことをするだろう」

「しない、この手で弓はもう使えぬ」

必死で崎川が言いつのった。

「ぬん」

ためらわず賢治郎は、脇差で首根を刎《は》ねて止《とど》めを刺した。

「ひゅううう」

口笛を失敗したときのような、音を漏らして崎川が絶息した。

「わっ」

容赦ない賢治郎に、前埜が苦鳴をあげた。

「く、来るな」

落とした長弓を拾うことなく、前埜が後ずさった。

「…………」

無言で賢治郎は血の滴《したた》る脇差をさげて近づいた。

「悪かった。謝る。だから、来るな」

「他人を殺そうとして、それですむと」

賢治郎は感情のない声で訊いた。

「か、金ならやる。ここに十両ある。同じだけ二人も持っているはずだ」

懐から紙入れを出して、前埜が言った。

「吾が命が三十両か」

口の端を賢治郎がゆがめた。

「もっと安いのが普通だ。いつもなら、一人五両が相場。それを倍から出すのだ、おぬしはよほど恨まれているのか、値打ちがあるのだ」

前埜が喋《しゃべ》った。

「死にたくないか」

「当たり前だ」

問われて前埜がうなずいた。

「吾も死にたくはない。それをきさまは、弓でいきなり襲ったな」

「………」

前埜が黙った。

「選ばせてやろう。己で弓が引けぬよう左手の筋を断つか、戦うか」

賢治郎が足を止めた。

「どちらかを選べと」

「そうだ」

「考えさせてくれ」

うなずいた賢治郎へ、前埜が頼んだ。

「………」

前埜が悩む振りをした。

「もう、足の痛みも消えたであろう」

賢治郎はときを稼いでいると前埜の行動を読み切っていた。

「ちっ」

前埜が舌打ちして、太刀を抜いた。

「金で人を殺す。その水に浸りきった者が、他の生きかたなどできまい。金の話をしたのは、拙者に死人の懐を漁《あさ》らせるため。無防備に背中を晒《さら》せば、弓で射るつもりだったか」

「くそが」

真っ赤になった前埜が、太刀を振りかぶって斬りつけてきた。

「弓ほどではないな」

あっさりと躱《かわ》した賢治郎は、脇差を振るった。

「おうやあ」

空《から》振りして下を向いた前埜の太刀の付け根、左肩を賢治郎は斬り落とした。

「ぐえええ」

前埜が激痛で転がった。

「…………」

呻《うめ》いている前埜を放置して、賢治郎は離れた。まだ前埜は太刀を握っている。近づけば、足下を斬られかねない。

賢治郎は最初の刺客市山のもとへ戻り、父の形見と言われた太刀を拾いあげた。

「月明かりでははっきり見えぬが……ひびか、この筋は」

太刀の割れ目に、不審な傷があった。

「折れやすいように傷を入れた……もしこれで市山の一撃を受けていれば……そこまでするか。松平主馬」

初めて賢治郎は兄を実名で呼んだ。

「このままではすまさぬ」

賢治郎は父の形見まで利用する松平主馬を許せなかった。

弓を遣うような刺客は、倒したからといって放置できるものではない。弓は鉄炮《てっぽう》ほどではないにしても、姿の見えないところから一撃で人を殺せるのだ。それも駕籠の御簾《みす》くらいならば、簡単に射貫く。いくら行列に守られていても、弓を防ぐのは難しい。

　賢治郎は前埜の傷を刀の下緒でくくり、簡単な血止めを施すと、そのまま引きずるようにして阿部豊後守の屋敷まで運んだ。もちろん、江戸城内廓にある上屋敷に、血まみれの刺客を連れて行くわけにはいかない。賢治郎はかつて訪れたことのある下屋敷を選んだ。

「小納戸深室賢治郎でござる。豊後守さまに至急お目通りを願いたい」

「殿のもとへ使者をお出ししますが……」

　下屋敷の用人が会えるという保証はないと告げた。

「紙と矢立をお借り願いたい。あと、この者が死なぬよう、医師の手配を」

　生き証人である。賢治郎は前埜の手当を頼んだ。

「この者は……」

「豊後守さまにお話しいたすゆえ」

「……わかりましてございまする」

　面識あるのが幸いした。用人は賢治郎の求めに対応してくれた。

　一刻《とき》（約二時間）ほど待たされた賢治郎の耳に、大門が開く音が聞こえた。大門は当主あるいは一門、江戸家老などの重職、来客でなければ開けられない。

「お見えくださったか」

緊張していた賢治郎がほっとした。

「なにがあった、深室」

阿部豊後守がすぐに客間へ現れた。

「お休みのところ……」

「あいさつはいい。夜中に儂を呼び出した理由を聞かせよ。怪我人も連れていたそうだが」

さっさと話せと阿部豊後守が促した。

「あの者は……」

今夜あったことを賢治郎は語った。

「大弓を遣う刺客だと……」

聞いた阿部豊後守の顔色が変わった。

「鉄炮よりたちが悪いぞ。火縄の匂いはしない。音もさほど大きくはない。なにより、鉄炮と違って連射がきく」

鉄炮は射程の長さ、威力で弓をはるかに凌《しの》ぐが、雨で火縄が濡れれば使えないほかに、一発撃てば、次発装塡《そうてん》にかなり手間がかかるという欠点があった。

「誰ぞ」

「これに」

すぐに襖《ふすま》が開き、用人が顔を出した。

「あの怪我人の様子はどうだ」

阿部豊後守が問うた。

「医師の診立てによりまするとゝ血が流れすぎており、むつかしいとのことでございまする」

「わかった。ただちに尋問させろ。かならず、仲間やその周辺などを吐かせろ。刺客にはかならず仲介をする者がいるはずだ。看板を上げられる商売でもなければ、評判を頼りに捜せるものでもないからな。そやつを捕らえねばならぬ」

「しかし……」

「死んでも構わぬ。しゃべりさえすればいい」

冷酷に阿部豊後守が命じた。

「……はっ」

主命である。さからうわけにはいかない。用人が駆けていった。

「寛永寺、あるいは増上寺へご参詣される上様を狙える。弓を遣う刺客など悪夢だ」

阿部豊後守が厳しい顔をした。

「深室、よくやった。よくぞ、刺客を殺さず連れてきた」

「…………」

褒められている気が賢治郎はしなかった。

「松平主馬をどうするか。もし、罪に問うならば、そなたにも累《るい》が及ぶぞ。兄弟喧嘩と取られるからな」

「喧嘩両成敗でございまするか」

ことの発端、善悪を問わず、争いの当事者はともに罰せられる。幕府の決まりであった。

「連座もつくな」

罪を得た者の近い親族も咎められる。これが連座であった。

「理不尽な……」

賢治郎は不満を口にした。なにせ、卑怯な闇討ちを一方的にしかけられたのだ。喧嘩両成敗、まして連座など納得できるはずはなかった。

「そなたがただの旗本ならば、まだ事情を勘案できる。だが、そなたは上様の寵臣。無罪放免になれば、かならず上様の寵愛で政道がゆがめられたと言い出す者が出る。上様に政もできぬ暗君という汚名を着せるわけにはいくまい」

「……はい」

家綱の名前に傷がつく。賢治郎には認められることではなかった。

「表だっては咎めるわけにはいかぬ。だが、このまま放置することもできぬ。上様の寵臣に手出しをするというのが、どういう事態を招くか、しっかりと教えてやらねばならぬ」

阿部豊後守が憤慨していた。

「豊後守さま」

賢治郎は冷たい声を出した。

「おわかりだったはず」

「下部屋でのことか」

「はい」

じっと賢治郎は阿部豊後守を睨んだ。

「たしかに、わざと儂は、お城坊主に松平家の家督話を聞かせた。これは、松平主馬をおびき出す意味があった。それは否定しない」

「なぜそのようなことを」

賢治郎は重ねて問うた。

「あの噂が変形した。気づいていたか」

「いいえ」

もともと城中にはあまり残らない賢治郎である。ましてお城坊主に金を渡すなどの気配りができるはずもない。城中の噂には疎かった。

「最初、そなたに加増があるという話であった。それが、上様の引きで側役などへ転じるためのものとなった。最後は、上様からそなたの婚姻の引き出物として二千石を賜《たまわ》るというものになった。この意味がわかるか」

「……出世が伴ったうえ、祝いとなりました」

「そうだ。旗本のそなたにその両方を与えられるのは、上様だけだ。噂は、そなたへの上様の寵愛が深くなったと告げている。だけではない。加増はそなたを将来の側近として、いや、執政として上様が考えられてのことと受け取られ始めた。まず、寄合格、ついで側役、続いて側用人《そばようにん》、そして若年寄と、上様がそなたを引きあげようとされているとな」

「そんな……」

阿部豊後守の言葉に、賢治郎は驚いた。

「なにせ、先例がある。儂、長四郎、そして堀田加賀守。皆、最初は旗本であった。それが上様のお気に召したお陰で、五万石をこえる身代と執政の立場を与えられた。先代家光さまと同じことを家綱さまがなさろうとしている。そう考えておかしくあるまい」

「なれど、それと豊後守さまのなされたことは……」

「儂は長くない」

「えっ」

抗議を遮られた賢治郎は絶句した。

「先日も申したが、儂ももう長く上様にお仕えすることはできぬ。家光さまより傅育《ふいく》を命じられてから、ただ家綱さまが天晴《あっぱ》れ名君となられるように尽力してきた。してきたつもりである。そして、上様はよきお方になられた。しかし、上様はまだ甘い。将軍継承に焦る綱重さま、綱吉さまに対して、強硬な態度をおとりにならぬ。秀忠さまが忠輝さまを流罪にしたように、家光さまが忠長《ただなが》さまに切腹を命じられたように、思いきられない。これは人として美徳であっても、天下人としては不足なのだ」

「豊後守さま……」

賢治郎は言葉を失った。

「すでに徳川の天下を脅かす大名はない。今、天下を揺るがすのは後継者争いだ。兄弟で争うことほど、徳川の力を削《そ》ぐものはない。賢治郎、もし、家光さまが忠長さまを生かしておられたならばどうなったと思う」

「…………」

「さすがに兄弟手を取り合って天下を守ったなどと寝言は言わぬようだな」

ほんの少し、阿部豊後守が頬を緩めた。

「そうだ。おそらく天下の大名は二分したであろう。表向きは将軍たる家光さまに従いながら、裏では忠長さまの天下を模索する。まちがいなく家光さまのお命は狙われ続けたはずだ。それと同じ状況なのだ、今は」

阿部豊後守が賢治郎を見た。

「上様が取られるべき最良の手はわかるな」

「甲府公、館林公の排斥……」

「そうだ。だが、それを上様は望まれない。上様のお心に染まぬことでも、そのおためになるならば断行する。これができる者を忠臣という。対して、あくまでも上様のお心に添い、最期《さいご》までお供する者が寵臣なのだ。深室、そなたは寵臣であることを願うのであろう」

「はい」

確認する阿部豊後守に賢治郎はうなずいた。

「だからこそ、儂が代わりに手出しをしたのだ。この噂、わざとゆがめた者がいる。耳にした松平主馬の暴発を狙った者がな。松平主馬によって、そなたが死ねばよし。死ななくとも騒動となれば、そなたは上様の側から離される。上様のお名に傷つくと言われれば、そなたは身を退《ひ》く。どれだけ上様に慰留されてもな」

「では、すべてはわたくしを上様のお側から外すため」

賢治郎が息を呑んだ。

「そうだ。そして企《たくら》んだ者は、寵臣を失って気落ちした上様に取り入り、そなたの代わりになる。やがて儂も死ぬ。そなたと儂、二人を失われた上様は、その者を頼りにするしかなくなる。なにせ、上様には誰一人真実を告げぬからな。儂とそなたを除いて」

「……おのれ」

家綱を傀儡《かいらい》にしようとする相手に、賢治郎は怒った。

「そやつをあぶり出すために、わざと儂は松平主馬を煽《あお》った。やりかたについては、詫びる。まさか弓まで出てくるとは思わなかった」

阿部豊後守が頭を下げた。

「いえ」

賢治郎は首を振った。家綱のためとなるならば、吾が命など気にもしない。

「これで、敵がいることは知れた。あとは反撃に出るだけだ」

「はい」

「ついては、一つ訊こう。先日、そなたに命じられたのは真実を告げることだけと言ったな」

「はい」

質問する阿部豊後守へ、賢治郎は首肯した。

「他になにか命を受けているのだな」

「……はい」

阿部豊後守の鋭さに、賢治郎は認めるしかなかった。

「申せ。上様をお守りするためだ。儂が幕閣にいる間でなければ、手が打てぬぞ」

「順性院さまがなぜ襲われたかを調べよと」

「比丘尼橋の一件か」

「はい」

「さっさと儂に訊きにくればよいものを」

大きく阿部豊後守が嘆息した。

「おわかりでございまするか」

「襲ったのは黒鍬者。そして黒鍬者の娘に綱吉さまの手が着いた。これだけでわからねば、執政としてはやっていけぬぞ」

阿部豊後守が賢治郎を叱った。

「……お教えくださいませ」

賢治郎はわからないと告げた。

「ふむ。執政などにならぬゆえ、要《い》らぬと言っていたころよりは、ましになったな。長四郎も喜んでいることだろう」

妙な褒めかたを阿部豊後守がした。

「よいか。甲府公には子供ができた。順性院さまが襲われたときには、まだ男女どちらかはわかっていなかったがな。そして綱吉公に女ができた。つまり、綱吉公にもいつ子供ができても不思議ではなくなった。そして上様には和子《わこ》がおられない。もちろん、上様はまだお若い。いつご正室あるいは側室方が懐妊されてもおかしくはないが、現実跡取りはおられない。お若い上様だ。まだ将軍職に十年や二十年はあられよう。そのとき、まだ和子さまに恵まれておられねば、弟君ではなく、甥御を養子になさるとは思わぬか。なにせ、弟君たちは、上様と歳《とし》の差があまりない。将軍家は嫡子相続が決まり。五代さまは上様のご養子になられることになる」

「弟御さまでは、五代さまの御世が短いと」

阿部豊後守が婉曲《えんきょく》した内容を、賢治郎は読み取った。

「そうじゃ。ならば、甥御を養子となさるのが普通である。今までならば、綱吉さまは女を側におかれなかったため、子供ができなくてあたりまえだった。それが女を召した」

「上様の甥御ができるかも知れぬと」

「しかし、先に甲府公に子ができる。これはどうしようもない。さて、上様がまだ若い甥をご養子とされるには、もう一つ条件がある」

「条件でございまするか」

「大奥だ。大奥を味方にせねばならぬ。これは、春日局さまによって家光さまが三代将軍となられた故事に由来する。大奥の推薦なければ、上様のお世継ぎにはなれぬ。ああ、心配せずともよい。上様の和子さまは別ぞ。なにせ、上様のお世継ぎにはなれぬ。大奥で生まれるのだ。大奥の保証がある。上様の和子さまだとな。その保証が甲府公、館林公のお子さまには大奥で生まれたわけではないからの」

「正統……でございまするな」

「大奥は上様の正統を証明する場である。他の男が出入りできないのはそのためだ」

阿部豊後守が断言した。

「甲府公、館林公ともに正統の証《あかし》がない。ゆえに大奥の後ろ盾がいる」

「わかったようだな。これでわかったであろう。甲府公の母順性院さまは、いまだ桜田の御用屋敷におられる。そして館林公の母桂昌院さまは、神田館へ移られた。桜田の御用屋敷は、大奥の出先」

「順性院さまは大奥と繋《つな》がりを保っておられる」

「…………」

無言で阿部豊後守が首肯した。

「大奥に対しては、甲府公のお子さまが優位。その優位のもとは順性院さま。順性院さまが亡くなられれば……」

「早速上様に」

「待て」

逸《はや》る賢治郎を、阿部豊後守は止めた。

「大奥は上様のもの。いやご正室さまのもの。そこにいつまでも順性院さまの影響が残っているのはよろしくない。これを利用して、大奥の掃除もしておきたい。儂に案がある。上様にも儂からお話しするゆえ、そなたはなにもするな」

「ですが……」

「そなたは今、噂のおかげで目立っている。そのそなたが動くのは好ましくない。なにより、そなたの兄を走狗《そうく》とした者は、そなたを注視しているぞ。うかつなことをしてみろ、上様にもご迷惑がかかる。しばらく大人しくしておれ」

「…………」

「耐えるのも寵臣の仕事だ。儂にすべてを任せよ。そなたの兄のことを含めてな。そなたは、明日上様に儂がお話しに行くと伝えてくれればいい」

「よろしくお願いいたしまする」

阿部豊後守に言われればしかたなかった。賢治郎は従った。

家綱と阿部豊後守が密談をかわした数日後、医師半井典薬頭より、重大な報告がもたらされた。

「御台所顕子さま、ご懐妊の兆候」

江戸城が歓喜に沸いた。

この作品は徳間文庫のために書下されました。

徳間文庫

お髷番承り候七

流動《るどう》の渦《うず》

2013年10月15日 初刷
2021年6月30日 3刷

著者 上《う》田《だ》秀《ひで》人《と》

発行者 小宮英行

発行所 株式会社徳間書店

東京都品川区上大崎三－一－一 〒141－8202
目黒セントラルスクエア

電話 編集〇三(五四〇三)四三四九
販売〇四九(二九三)五五二一

振替 〇〇一四〇－〇－四四三九二

印刷 本郷印刷株式会社

製本 ナショナル製本協同組合

ISBN978-4-19-893749-2 (乱丁、落丁本はお取りかえいたします)

上田秀人「お髷番承り候」シリーズ

一 潜《せん》謀《ぼう》の影《かげ》

将軍の身体に刃物を当てるため、絶対的信頼が求められるお髷番。四代家綱はこの役にかつて寵愛した深室賢治郎を抜擢。同時に密命を託し、紀州藩主徳川頼宣の動向を探らせる。

二 奸《かん》闘《とう》の緒《ちょ》

「このままでは躬は大奥に殺されかねぬ」将軍継嗣をめぐる大奥の不穏な動きを察した家綱は賢治郎に実態把握の直命を下す。そこでは順性院と桂昌院の思惑が蠢いていた。

三 血《けつ》族《ぞく》の澱《おり》

将軍継嗣をめぐる弟たちの争いを憂慮した家綱は賢治郎を密使として差し向け、事態の収束を図る。しかし継承問題は血で血を洗う惨劇に発展——。江戸幕府の泰平が揺らぐ。

四 傾《けい》国《こく》の策《さく》

紀州藩主徳川頼宣が出府を願い出た。幕府に恨みを持つ大立者が沈黙を破ったのだ。家綱に危害が及ばぬよう賢治郎が目を光らせる。しかし頼宣の想像を絶する企みが待っていた。

五 寵《ちょう》臣《しん》の真《まこと》

賢治郎は家綱から目通りを禁じられる。浪人衆斬殺事件を報せなかったことが逆鱗に触れたのだ。事件には紀州藩主徳川頼宣の関与が。次期将軍をめぐる壮大な陰謀が口を開く。

六 鳴動《めいどう》の徴《しるし》

激しく火花を散らす、紀州徳川、甲府徳川、館林徳川の三家。甲府家は事態の混沌に乗じ、館林の黒鍬者の引き抜きを企てる。風雲急を告げる三つ巴の争い。賢治郎に秘命が下る。

七 流動《るどう》の渦《うず》

甲府藩主綱重の生母順性院に黒鍬衆が牙を剝いた。なぜ順性院は狙われたのか。家綱は賢治郎に全容解明を命じる。身命を賭して二重三重に張り巡らされた罠に挑むが――。

八 騒擾《そうじょう》の発《はつ》

家綱の御台所懐妊の噂が駆けめぐった。次期将軍の座を虎視眈々と狙う館林、甲府、紀州の三家は真偽を探るべく、賢治郎と接触。やがて御台所暗殺の姦計までもが持ち上がる。

九 登竜《とうりゅう》の標《しるべ》

御台所懐妊を確信した甲府藩家老新見正信は、大奥に刺客を送って害そうと画策。家綱の身にも危難が。事態を打破しようとする賢治郎だが、目付に用人殺害の疑いをかけられる。

十 君臣《くんしん》の想《そう》

賢治郎失墜を謀る異母兄松平主馬が冷酷無比な刺客を差し向けてきた。その魔手は許婚の三弥にも伸びる。絶体絶命の賢治郎。そのとき家綱がついに動いた。壮絶な死闘の行方は。

全十巻完結

徳間文庫の好評既刊

上田秀人

織江緋之介見参五

果《か》断《だん》の太刀

徳川家に凶事をもたらす妖刀村正が相次いで盗まれた。研ぎ師は遊女と心中し、家宝を失った侍は娘を身売りした。悲劇の舞台となった吉原に動揺が拡がる。何者かが村正を集めている。目的は。浮上したのは幕府の重鎮。背景には将軍位継承をめぐる争いが。

上田秀人

禁裏付雅帳一

政《せい》 争《そう》

書下し

老中松平定信は将軍家斉の実父の大御所称号勅許を朝廷に願う。しかし難航する交渉を受け強行策に転換。東城鷹矢を公儀御領巡検使として京に向ける。公家の不正を探り圧力をかける狙いだ。朝幕関係はにわかに緊迫。鷹矢は困難な任務を成し遂げられるか。